Bebé azul

Manny Vallarino

Bebé azul
Manny Vallarino
2022

© **Manny Vallarino**

Autor | Manny Vallarino
Editora | Patria Caride
Diagramación | Silvio Sequera
Diseño e ilustración de la cubierta | Mónica Jaén Espósito
Servicios de editorial | Editorial Portobelo
Producido por Manny Vallarino

ISBN 979-8-9874274-0-8

A mi mamá, por darme el regalo de la imaginación.

A mi abuelo Manuel, por enseñarme el valor de la disciplina.

A mi abuela Tita, por creer siempre en mis palabras.

Contenido

I

Bebé azul
Henry la lagartija
Feliz cumpleaños
Jade

Intermedio

El cuaderno perdido de Leonardo da Vinci
La carta perdida de Vincent van Gogh a su hermano Theo

II

Algo como un gato
Aguja
Vasos
San Pedro

I

Bebé azul
Henry la lagartija
Feliz cumpleaños
Jade

Bebé azul

Quiero contarte algo: Yo nací azul.

Llegué a la vida con el cordón umbilical de mi mamá enroscado alrededor de mi pequeño cuello. Así que, bueno, ya que mi mamá me asfixiaba (claro que sin querer), nací azul. O, por lo menos, eso es lo que tengo entendido, y sí, llegué a ver una fotografía mía de recién nacido en la cual parezco un gran arándano con dedos. No recuerdo mucho de esa madrugada en la cual nací. Bueno..., no recuerdo nada. Nadie, que yo sepa, recuerda cómo llegó a la vida, y casi nadie recuerda la vida misma. Así que todo lo que te puedo contar es gracias a mi abuela, quien se ha empeñado a través de los años en asegurarse de que yo tenga muy claro cómo fue que nací azul.

Sí: Nací azul. Cuenta mi abuela que el médico se mostró muy calmado cuando vio que yo venía asfixiado y azul; pero que si uno lo miraba detenidamente, uno podía notar que tenía miedo. Y es que, claro... ¿Quién no tendría miedo? No me imagino estudiar medicina por doce años, volverme médico, ir al hospital para asistir con un parto y ver a un bebé azul con una soga al cuello. Pero parece que, a pesar del miedo, el médico fue todo un profesional. Hay una lección aquí: *Uno puede sentir miedo e igual hacer lo que haya que hacer.* Bueno, continúo. Cuenta mi abuela que el médico, al percatarse de que yo venía azul, hizo una pausa, respiró hondo y, con mucha calma, tomó una decisión. Si me hubiera forzado a nacer ahorcado, habría puesto en riesgo la vida mía y la de mi mamá, así que decidió que no me sacaría del vientre sino hasta haber desenroscado el cordón de mi cuello. Buena decisión... ¡Gracias, doctor! Y así, mientras yo estaba entre este mundo y el que le precede, el médico me liberó del cordón umbilical. Como mencioné, no recuerdo nada de esto. Pero me gusta imaginar que cuando fui liberado, todos los bebés del hospital aplaudieron.

Entonces, con mi cuello libre, el médico me despidió de mi mamá y me presentó a la vida. Cuenta mi abuela que todos en la sala estaban llenos de alegría y que al médico se le notaba claramente el miedo que había sentido, pues era obvio el alivio que ahora sentía. Pero había un pequeño inconveniente: mi cuerpito era todo azul. ¡Ah! Y otro: a pesar de que el médico me daba palmaditas en la espalda, yo no lloraba. Según entiendo, los bebés deben llorar en cuanto nacen para poder abrir los pulmones y respirar. O creo que es para eso; no estoy seguro. Cuenta mi abuela que la alegría de la sala se tiñó lentamente de preocupación colectiva por mi color azul y mi falta de llanto. Si yo hubiera sabido hablar, habría dicho: «Paciencia, gente. Si acabo de nacer asfixiado y azul, ¿por qué no me dan un tiempito? Cálmense, por favor». Y así se dio. Se calmaron y, luego de un tiempito, comencé a llorar. Hay una lección aquí: *Contra la preocupación, a veces lo mejor es la paciencia.* Bueno, así que lo del llanto se resolvió; pero el otro inconveniente persistía: mi cuerpito seguía azul. Llorando, sí, pero azul. Imagino que mis lágrimas transparentes parecían agua de océano sobre mis cachetes azules.

Ah, por cierto, antes de que se me olvide: pesé 12 libras. Perdón, mamá.

Bueno, cuenta mi abuela que entonces el médico me puso sobre una mesa de aluminio cubierta con toallas celestes. Luego, cortó de mi cuerpito lo que quedaba del cordón de mi mamá. Entiendo que mi papá quería hacer los honores, pero ese hombre es tan flojo para los temas médicos y me veía tan azul que le dejó la labor al médico. Buena decisión; no vaya a ser que hubiera cortado donde no era. Yo seguía llorando y llorando, y todos a mi alrededor estaban de lo más felices porque yo estaba llorando. ¡Qué horrible! Esto explica por qué, más adelante, durante muchos años, pensé que la gente quería verme triste. Habiendo nacido con semejante refuerzo social, ¿cómo no pensarlo? Pero dejé de pensar eso hace mucho tiempo. Hay una lección aquí: *El pasado no lo define a uno*. Así que, bueno, con lágrimas, sin cordón y acostado sobre las toallas celestes, llegó mi momento de gloria: alguien (no sé quién) trajo una cámara y capturó la imagen del bebé azul. Como ya dije, más adelante vi esa fotografía, y ahora debo agregar, sin modestia, que posé. Hice mi pose de «guarden esa cámara y déjenme solo que estoy desnudo y azul». Años después, en otros contextos, habría de decir las frases «guarden esa cámara» y «déjenme solo». Por suerte, todavía no me ha sido necesario decir «estoy desnudo y azul». Espero que no llegue nunca el momento.

Luego de la captura de la legendaria fotografía del arándano con dedos, digo, del bebé azul, no sé qué pasó; mi abuela no se acuerda. Imagino que me entregaron a mi mamá quien, pobre, seguramente estaba cansada, y luego a mi papá quien, pobre, seguramente estaba más preocupado que todo ese hospital desde que me vio azul. Imagino que me arroparon con una manta celeste y me cubrieron la cabeza con un sombrerito índigo de lana y me cargaron y me mecieron y me acariciaron y me hablaron en la voz que los adultos creen que es voz de bebé (pero que nada tiene que ver con los gritos horribles que pegamos todos cuando somos bebés) y me hicieron preguntas (en español y en inglés) y me cantaron y se llenaron de felicidad porque la familia crecía y me mintieron diciendo que era un bebé guapo (reitero: arándano con dedos) y hablaron de mi potencial y discutieron a quién me parecía y añoraron compartir las buenas nuevas con el resto de la familia y sintieron que si una vida podía ser creada de la nada entonces todo era posible y pensaron en lo bonito de la niñez y en la belleza y en el bien. Hay una lección aquí: *A pesar de todo, la vida vale la pena.*

Hago una breve interrupción para mencionar que cuando mi nivel de azul se suavizó de un azul océano a un azul lago, todos se percataron de que había nacido con ojos azules y cabello rubio. Ahora: mi mamá y mi papá (ambos) tienen el cabello negro y los ojos café. Mis cuatro abuelos ni son rubios ni tienen los ojos azules. Bueno, normal..., a veces los bebés salen a los bisabuelos. O cambian con el tiempo, como pasó conmigo. Pero, según entiendo, mi papá, quien es poseedor de una imaginación colorida (por decir lo menos), temió por un momento que tal vez yo no fuera suyo. ¡Qué va! Pobre hombre. Qué temor tan horrible. No sé cómo se resolvió el tema; pero sé que se resolvió en muy poco tiempo y sé que hasta el día de hoy toda la familia, incluyendo a mi papá, nos reímos de esto. Espero que te cause la gracia que todavía me causa a mí. Y te comparto otra lección: *Hay que reírse.*

Bueno... Prosigo.

Ni mi abuela ni yo recordamos ni cómo ni cuándo se dio la salida del hospital; pero, extrañamente, creo recordar el trayecto desde el hospital hasta la primera casa en que viví. Te advierto que la mente prefiere inventar que recordar, así que tal vez esta memoria sea más creada que biográfica. Recuerdo estar sentado en el asiento trasero de un auto sedán; mirando por la ventana derecha; distinguiendo palmas con troncos grises opacos, hojas celestes brillantes y un cielo azul oscuro de fondo. Todo lo veía fluido, como si tuviera los ojos abiertos bajo el agua. Recuerdo la música de un piano, un suave acorde de *mi bemol mayor* y, también, un murmullo profundo y constante como el de una ola deshaciéndose perpetuamente en una orilla de arena blanca. Recuerdo el sabor indefinible del agua fría. Recuerdo un olor limpio y transparente, como el que habría de percibir años después la primera vez que caminé sobre nieve, durante un invierno helado. Recuerdo acariciar la superficie de tela del asiento y sentir cada detalle de su textura con mi manito de bebé, ya más blanca que azul. Reitero que no sé si esto sea real o imaginado, pero igual te lo comparto. Y te comparto otra lección: *Mientras tengas imaginación, tendrás vida.* Lo que sí sé (o creo) que es real es lo que sucedió cuando llegamos a la casa.

Cuenta mi abuela que cuando llegamos hubo una señal. Ella siempre ha sido muy religiosa, así que tal vez tú no percibas esto como una señal, pero igual te lo comparto; ya verás por qué. Cuenta que cuando mi mamá me había liberado del asiento de bebé en el cual estaba sentado y nos habíamos bajado todos del auto y mi mamá me había cargado y mi papá abría la puerta de la casa..., la luz se encendió sola. Cuenta que fue como si algo hubiese querido recibirnos. Cuenta que la luz era brillante y amarilla, del color de mi poco cabello (yo siempre pensé que los bebés nacían calvos; estaba equivocado), y cuenta que nos sorprendió a todos, incluso a mí. Cuenta que todos nos quedamos en silencio y que todos lo vimos como un milagro. Allá ellos, porque eso de que «todos» lo vimos como un milagro, no sé; si yo hubiera sabido hablar, habría dicho: «Paciencia, gente. Cálmense. Pudo haber sido un fusible loco o un problema en la planta eléctrica. No es que no crea en milagros, no sé, soy un bebé; pero una luz que se enciende sola es, cuando más, un milagrito». Mi abuela cuenta que cuando me vio alumbrado por la luz, se percató de que ya no era un bebé azul, de que me veía sano y de que estaba sonriendo.

Bueno, hijo, sin ser muy religioso te puedo decir que, si es que lo que pasó cuando llegué a mi primera casa fue un milagro, entonces sin duda lo ha sido tu nacimiento esta madrugada. También naciste azul. No culpes a tu mamá; ella fue quien más trabajo pasó, no sólo esta madrugada, sino también en los meses que le precedieron. A pesar de que probablemente tenga que encender la luz yo mismo cuando lleguemos a la casa tú, tu mamá, tus abuelos, tus bisabuelos y yo, tu llegada me alumbró de amarillo el poco azul que todavía me quedaba por dentro. Mientras escribo estas palabras, sonrío. Te dije que quería contarte algo, pero no te dije por qué. Te conté esto para que cuando te enseñemos a leer puedas saber dos cosas: que naciste azul como tu papá y que nadie te quiere como tu papá. Lo segundo es entre tú y yo; no le digas a tu mamá, porque tal vez no esté de acuerdo.

Una lección más por el momento: *Te vamos a querer por siempre (aunque yo más que nadie).* Bienvenido a la vida, hijo.

Con mucho cariño,

Tu Papá

Henry la lagartija

—Había una vez una lagartija que se llamaba Henry...

Popi escuchaba con atención a su mamá desde el asiento de pasajero. Ella siempre le contaba cuentos en el camino a la escuela y a él le encantaban. Su mamá continuó:

—Henry era una buena lagartija, alegre y encantadora. Todas las otras lagartijas querían a Henry..., excepto una.

Popi abrió bien los ojos y subió las cejas. ¿Cuál podría ser esta otra lagartija? Su mamá notó que el suspenso producía efecto y extendió la pausa para maximizarlo. Popi no aguantó más.

—¡Mamá! Sigue...

Su mamá sonrió y asintió.

—Okey, okey..., bueno. Había una lagartija que no quería a Henry. Su nombre era...

Hizo otra pausa para crear más suspenso, sí, pero también para darse tiempo suficiente y poder inventar otro nombre de lagartija ficticia.

—¡Su nombre era Larry!

Popi suspiró con asombro. Finalmente conocía la identidad de la otra lagartija.

—Larry no sólo no quería a Henry —continuó su mamá—. Larry lo odiaba.

—¿Por qué? —preguntó Popi—. ¿Por qué lo odiaba?

—Larry odiaba a Henry porque quería ser tan querido como

él. Larry también era una buena lagartija, pero a nadie parecía importarle. Todo era «Henry esto» o «Henry aquello» y nada para Larry. A veces, el odio era tanto que Larry veía a Henry pegado al techo con sus cuatro patitas y deseaba que se resbalara y se cayera.

El auto se detuvo lentamente ante la luz roja del semáforo que colgaba sobre la calle. Popi y su mamá estaban a punto de llegar a la escuela.

—Dale, mamá; sigue con el cuento. Ya estamos llegando.

La luz cambió a verde demasiado rápido y el auto arrancó de nuevo, al igual que el cuento.

—Entonces, un día, Larry decidió que ya no aguantaba más. Vio a Henry en la esquina del piso de la cocina y lo enfrentó. Le dijo que lo odiaba y que quería pelear con él. Henry intentó calmar a Larry. Le dijo que no entendía su odio, que no quería problemas, que quería que todas las lagartijas estuvieran felices y contentas; pero su actitud de buena lagartija enojó aún más a Larry. Este corrió con sus patitas hacia Henry y lo atacó...

Popi estaba tan inmerso en el cuento que no se percató de que habían llegado. El auto estaba encendido e inmóvil frente a la entrada de la escuela.

—¿Quién ganó? —preguntó Popi—. ¿Quién ganó la pelea?

—Te digo cuando te busque —respondió su mamá—. Que te vaya bien, hijito. Te quiero mucho.

Popi rompió en llanto. El cariño de su mamá liberó todo lo que él sentía: una mezcla nublosa de miedo, amor, tristeza, curiosidad y una sincera preocupación por Henry la lagartija.

—No quiero ir; no quiero ir.

Popi rogaba y rogaba para poder quedarse en el auto, escuchar el final del cuento y nunca ir a la escuela.

—Te prometo que hoy te irá súper —dijo su mamá—. Apenas te busque en la tarde te cuento quién ganó la pelea.

—Bueno... Chao...

—Chao, hijito.

Popi, resignado, se bajó del auto, con su maleta de rueditas y su lonchera favorita. Comenzó a caminar hacia lo desconocido de un nuevo día en la escuela mientras la maleta rodaba sobre los mosaicos de ladrillo.

Con ganas de seguir llorando, se volteó para ver a su mamá; pero esta ya se había ido. Sintió más lágrimas acumularse detrás de sus ojos y se las aguantó, aunque algunas se le fugaban y él hacía lo posible por pegarlas a sus ojos, ahora húmedos y brillosos.

Justo entonces, una lagartija pasó corriendo delante de él, con sus cuatro patitas, desplazándose sobre los mosaicos con la confianza de la directora de la escuela. La lagartija era verde caña, y se veía sana y salva.

Popi supo que era Henry; supo que había derrotado a Larry; supo que ahora estaba allí para acompañarlo a clases. Con una sonrisa que transformaba sus lágrimas fugadas en lágrimas de alegría, exclamó, como llamando a un amigo de la escuela:

—¡Henry!

Feliz cumpleaños

Alberto se enjabonaba dentro de la ducha mientras el chorro de agua caliente caía frente a sus pies. «Lávate bien», le había dicho su papá, «que hoy te vuelves hombre». Era su cumpleaños número quince y había pensado que, al volver del colegio, como era viernes, tal vez podría ir al cine a ver una película con sus amigos. Pero su papá había hecho otros planes: «Te busco a las siete. Feliz cumpleaños, hijo». Así que, después de que el bus del colegio lo dejó en casa, Alberto almorzó la mitad del pollo guisado con arroz y lentejas que su mamá le había dejado sobre la mesa, perdió el apetito, durmió algunas horas y entró a la ducha.

Conociendo a su papá, ya sospechaba a lo que este aludía, pero no sabía nada con certeza; con él nunca sabía. Dentro de la ducha, recordó lo bonita que le había parecido Laura esa mañana en el colegio, con ese lazo verde como de seda que le amarraba la cola castaña y le resaltaba los ojos azules. Y qué linda cómo le dijo «¡feliz cumpleaños, Alberto!» cuando se acabó la clase de informática, y cómo le dio un abrazo de esos grandes, envolviéndolo en sus finos brazos, apoyándole la cabeza contra el pecho y cerrando los ojos con una sonrisita, diciendo: «Espero que disfrutes tu día». Y cómo se fue caminando hacia la salida, pero no sin antes voltearse y sonreírle con la mirada. Cuando la perdió de vista entre la masa de uniformes escapándose de la semana en el colegio hacia el fin de semana en la ciudad, Alberto pensó: «Qué linda que es. Ya está bueno: el lunes me le declaro».

Se enjuagó completamente bajo el chorro de agua. Cerró la llave de la regadera, salió, se secó el cabello rascándose la cabeza con la toalla, se secó el cuerpo palpando la toalla sobre donde hubiese gotas, se amarró la toalla para que lo cubriera de la cintura hacia abajo, y caminó descalzo hasta su habitación; por fortuna, el piso no estaba tan frío. Miró el reloj que había dejado sobre la cama: ya pronto llegaría su papá. Se puso el reloj en la muñeca izquierda. «A ver, a ver, a ver», dijo para sí con un nudo en el estómago mientras revisaba el armario y las gavetas para decidir qué ropa se pondría. Se puso un bóxer *sport* comprado en algún viaje por mucho más dinero de lo que debería costar un bóxer. «Mejor que sosobre a que sofalte», pensó. Se puso unas finas medias negras. Se puso un pantalón negro de vestir y una camisa rojo vino, ambas piezas nuevas. Tomó sus zapatos negros y, usando una esponja humedecida con betún, los pulió hasta que relucieron. Hizo lo mismo con su correa negra de cuero. Se puso los zapatos y la correa. «Junto con el reloj», le había dicho su encantador abuelo, «al hombre lo hacen los zapatos y la correa». Se lavó los dientes, a pesar de que creía habérselos lavado ya, antes de entrar a la ducha. Se puso colonia justo como le había enseñado su papá años atrás: «Una salpicada en el cuello, otra en una muñeca justo bajo la palma de la mano, junta y frota las dos muñecas, dobla los codos y pásate las muñecas de arriba hacia abajo desde delante de las orejas hasta donde se acaba la quijada. Y no te eches más, que después hueles barato».

Alberto escuchó un distante bocinazo de auto. Su respiración se aceleró y perdió profundidad. Sintió terror. Se relajó por un momento: «Tal vez sea donde el vecino», pensó. Escuchó otro bocinazo, este mucho más cercano. Supo que no era donde el vecino. Había llegado su papá. Se echó otra salpicada de colonia en el cuello para asegurarse de que olería bien. Se miró en el espejo de su habitación y respiró hondo. Escuchó un tercer bocinazo. Trotando, salió de la habitación y de la casa. Cerró la puerta principal. Salió por la reja del garaje. La cerró. Caminó hacia la puerta de pasajero del imponente auto de su papá: un auto negro, grande y pesado, cuyo motor rugía incluso al estar el auto inmóvil. A veces, Alberto imaginaba que había un monstruo atrapado en las profundidades del motor; el monstruo, inútilmente, trataba de escapar. El auto parecía un tanque. Alberto abrió la puerta.

—¡Je! ¡El cumpleañero! ¿Cómo estás, hijito?

Su papá le dio un beso efusivo en la mejilla. Alberto se rio por lo exagerado del saludo.

—Hola, papá. ¡Bien! ¿Tú cómo estás?

—Yo en la lucha, que es mucha. ¿Pero qué chucha?

—Ja ja, así estamos todos —dijo Alberto, recordando que el hombre que vendía empanadas afuera del colegio había dicho las mismas palabras esa mañana.

—Así mismito es. Pero qué carajo; hoy es tu cumpleaños y lo celebras en grande, así que es un buen día. Feliz cumpleaños, hijo.

—Gracias, papá... ¿A dónde vamos?

Al papá de Alberto se le escapó una sonrisa pícara.

—Tú despreocúpate, hijo.

Y el tanque rodó.

A Alberto se le apretó el pecho. Miró al frente. Pensó en Laura. Le comenzaron a temblar las manos; las escondió bajo las piernas para que su papá no se diera cuenta. El sistema de sonido del tanque comenzó a disparar *rock* pesado con guitarras eléctricas densas y distorsionadas, y baterías violentas y sucias. La voz de su papá atravesaba el ruido para decirle que debería sentirse afortunado, que todos sus amigos matarían por un cumpleaños así, que causaría envidia, que es mejor volverse hombre tarde que nunca; pero Alberto sólo asentía con la cabeza y con una sonrisa forzada apenas perceptible. Fantaseaba con poder abrir la puerta del tanque, saltar, rodar sobre el pavimento de la calle, y escaparse para poder llamar a sus amigos e ir al cine. Sus manos temblantes comenzaron a sudar frío, humedeciendo así la tela del pantalón de vestir como si se hubiera sentado sobre dos grandes cubos de hielo. Su papá estornudó.

—¿Te echaste colonia como te enseñé? Porque creo que se te fue la mano.

—Sí, sí, me eché como siempre —mintió Alberto—. Deben ser las lluvias y los cambios de clima —agregó. Su papá volvió a estornudar.

—Sí, estás clarito; eso mismo va a ser. Es de diablo el clima en este país. Insoportable.

—Ja ja, sí.

El tanque dejó de rodar frente a la puerta principal de un edificio de unos diez pisos. El papá de Alberto apagó la radio y el ruido cesó. Ya había anochecido, así que las únicas luces que alumbraban la fachada del edificio provenían de unos cuantos postes cercanos que izaban lámparas anaranjadas. Alberto percibió que el edificio había sido color crema y que, con los años y la humedad, la pintura se había pelado. Su color ahora incluía rastros de crema, sí, pero entrelazados con manchas de gris y de negro, al igual que algunos trozos de pintura blanca que colgaban y ondulaban con la brisa como banderitas blancas. Una mujer salió por la puerta principal del edificio. Era muy alta y guapa; tenía el pelo en una cola. Se acercó al tanque y abrió una de las puertas traseras.

—Buenas noches, ¿cómo están? —dijo la mujer, con voz melodiosa.

—¿Tú cómo estás? —le dijo el papá de Alberto—. Déjame que yo responda por ti: estás más guapa que nunca. ¿Y ese reloj? ¿Es nuevo? Te queda muy elegante.

—Ay, usted sí es —dijo ella con mirada elusiva—. Muchas gracias. Muy amable. ¿Y quién es este chico? ¿Es Alberto, cierto?

Alberto seguía mirando al frente con las manos bajo las piernas. Pensó en Laura y en la suavidad de las manos de ella, de la cual se percató cuando bailaron juntos por primera vez en la fiesta en casa de Liz.

El papá de Alberto se tornó serio y miró a su hijo.

—Responde. La dama te está hablando.

Alberto reaccionó y miró hacia atrás, hacia la mujer.

—Hola, sí, Alberto. Mucho gusto.

—Yo soy Camila. Y el gusto es mío. Feliz cumpleaños.

—Gracias.

El papá de Alberto notó la reserva de su hijo e intervino.

—Tú disculpa, Camilita, que Alberto es algo tímido.

—Oiga, nada de eso. A mí se me hace como un chico muy chévere.

El papá de Alberto miró a su hijo con una sonrisa celebradora.

—¡Aya, hijo! Le gustaste ya... ¡Qué animal! —dijo, y le dio dos palmadas en el hombro.

Alberto sintió arder una chispa de halago dentro del miedo que lo invadía y soltó una pequeña risa, la cual Camila imitó. Él respiró el perfume de ella, demasiado perfume, demasiado fuerte; sintió una nube de estornudos formándose en el fondo de sus pulmones y sintió cómo subía, y subía, y subía:

—¡Achú! ¡Achú! ¡Achú!

—¡Salud! —exclamó Camila—. ¡Dinero! ¡Y mucho amor!

—Gracias —dijo Alberto con tono serio, aún recuperándose de los estornudos. Al papá de Alberto le disgustó la seca respuesta de su hijo, pero decidió no comentar nada al respecto.

—Bueno —dijo—... Nos fuimos.

Y el tanque rodó.

El papá de Alberto volvió a encender la radio, pero esta vez puso boleros. De vez en cuando, Camila decía algo como «¡esta canción me encanta!», y el papá de Alberto subía el volumen. Alberto no era muy fanático de los boleros, que podían llegar a ser empalagosos, así que entró en su propia mente para no escucharlos. Pensó en cuando se sentó con Laura en el bus escolar de camino a una excursión y en cómo analizaron las letras de algunos boleros para burlarse. Laura decía cosas como: «Okey, entonces él no puede vivir sin ella... ¿Pero ella ya se casó con alguien más? Más que romántico, me suena como un mal negocio», y Alberto no dejaba de reírse. Pensó en que cuando llegaron al destino de la excursión, un museo de ciencias naturales, él decidió que la tomaría de la mano por primera vez; pero a Laura se la llevaron las amigas en cuanto bajaron todos del bus; aunque, al final de la excursión, ella se despidió de él con un besito en la mejilla y esa noche, ya de regreso en su casa, él estaba tan lleno de alegría que se le olvidó cenar.

El tanque dejó de rodar frente a una casita.

Tenía sólo una puerta y sólo una ventana, lo cual sugería una sola habitación. Los restos difusos de luz anaranjada de una lámpara lejana apenas alumbraban la fachada de la casita; parecía estar pintada de verde. No había nadie alrededor. Alberto liberó sus manos.

—Bueno..., que se diviertan —dijo el papá de Alberto—. Aquí los espero.

—Listo, señor —dijo Camila sonreída. El papá de Alberto le dio una llave y ella se bajó del tanque, cerrando la puerta detrás de ella.

El papá de Alberto apagó los boleros. Apagó el motor, el cual dejó de rugir. Se escuchaban grillos nocturnos vocalizando. Alberto miraba al frente y, a través del parabrisas, veía cómo Camila insertaba la llave en la cerradura de la casita, le daba algunas vueltas, abría la puerta, sacaba la llave, miraba atrás hacia el tanque con una sonrisa, entraba en la casita y cerraba la puerta mientras se soltaba la cola.

—Feliz cumpleaños, hijo. Ten —le dio a Alberto dos estuches del tamaño y la forma de grandes monedas circulares, de un aluminio suave, con algo húmedo adentro—. Lleva dos, por si acaso. Mejor que sosobre a que sofalte —agregó con su sonrisa pícara.

—Papá —dijo Alberto. Su papá se percató del temblor en las manos de su hijo.

—Dime, hijito.

—No quiero ir.

Su papá respiró hondo.

—Relájate, hijito, que la primera vez siempre da miedo —dijo, y le dio dos palmadas en el hombro—. Apenas uno empieza uno se suelta.

Alberto pensó en Laura.

—No es eso... Es que no quiero.

—Dale, oye, relájate y pásala bien. Hoy es tu día.

—Papá, no quiero.

Repentinamente, el rostro de su papá cambió de cariño a ira y su voz de bolero a *rock*:

—No seas tan maricón y bájate del hijo de puta carro.

Alberto se asustó y, con los dos estuches encerrados en una mano temblorosa, se bajó del tanque. Cerró la puerta con cautela.

Mientras caminaba hacia la casita, sentía el impulso de salir corriendo; pero no sabía ni dónde estaba ni a dónde podría ir.

Escuchó los grillos.

Pensó en Laura.

Entró en la casita.

Más tarde, salió.

Su papá se había quedado dormido en el tanque. Alberto dio unos sutiles golpes con los nudillos al vidrio de la ventana y su papá se despertó de un salto; hizo un gesto como si tuviera una pistola en la mano, listo para defenderse, lo cual hizo reír a Alberto. Camila, quien esperaba frente a la puerta trasera del tanque amarrándose la cola en el pelo, también se echó a reír. El papá de Alberto desatrancó las puertas. Camila entró. Alberto también.

—Uf, qué vergüenza —dijo el papá de Alberto, y bostezó. Encendió el motor, el cual rugió—. Ha sido un día largo.

—Se le nota —dijo Camila, devolviéndole la llave. Todos rieron.

Y el tanque rodó.

En el trayecto de regreso al edificio de Camila, no hablaron sobre nada que hubiese podido acontecer en la casita. Muy por el contrario, hablaron como si nunca nada hubiese acontecido. El papá de Alberto comenzó a quejarse del desgraciado clima, de estas lluvias, que cómo se supone que la gente viva bien en un lugar así. Camila estaba de acuerdo y agregó que lo peor es cuando por las noches cae esa lluviecita de la cual uno ni se percata hasta que al día siguiente da la neumonía, y afirmó que «a uno lo que lo mata es el sereno». Pusieron más boleros. De ahí comenzaron a hablar sobre el gobierno sucio y sobre los políticos que son todos una sarta de ladrones y corruptos, que este país antes no era así, que todo está podrido y que vamos para peor, que aquí lo que toca es nadar en mierda y tratar de no ensuciarse. Hablaron de sus planes para el resto del fin de semana, que el papá de Alberto se largaba para la finca porque hay que alejarse de esta ciudad que es puro estrés y Camila se iba para la playa por la misma razón. Alberto no habló en todo el trayecto.

El tanque dejó de rodar frente a la puerta principal del edificio de Camila. El papá de Alberto apagó los boleros.

—Bueno, Cami —dijo—. Buenas noches y te cuidas.

—Usted igual, señor —respondió Camila. Se dirigió a Alberto—: Y tú también, Alberto. Eres un buen chico. Feliz cumpleaños.

—Gracias, Camila —dijo Alberto—. Buenas noches.

Camila se bajó del tanque y, sin mirar atrás, desapareció tras la puerta del edificio.

—¿Entonces? —dijo el papá de Alberto mientras el tanque comenzaba a rodar—. Echa el cuento. ¿Cómo fue? ¿Es lo mejor que hay, no?

—Sí, sí, bien.

—Pero ¿cómo así que bien? Cuenta algo.

—Bueno... Estudió psicología en la universidad.

Alberto sintió que hablaba solo. Miró a su papá a quien notó ensimismado, lejano, con ojos perdidos.

—¿Papá?

A la orilla de un lago que está rodeado por árboles frondosos, sobre la hierba, hay un niño sentado. Es el futuro papá de Alberto y hoy es su cumpleaños número doce. Sopla una delicada brisa mañanera, un poco fría pero limpia y pura. La cara del niño refleja una sonrisa interior; no hay nada que le dé más paz que la naturaleza, especialmente la naturaleza en la finca familiar. Para él, es el cumpleaños perfecto. Percibe a un hombre acercándose hacia él; el sonido de los zapatos italianos pisando la hierba con elegancia es inconfundible, al igual que el olor a ron: es su papá, el futuro abuelo de Alberto. El hombre lleva de la mano a una mujer muy alta y guapa. No es la mamá del niño. «¡Feliz cumpleaños, campeón! —dice el hombre—. Aquí te traigo a una buena amiga mía para que te ayude a celebrar». El hombre le da un beso en la boca a la mujer. La mujer le da la mano al niño sentado y dice con voz melodiosa: «Es un placer». Ella se puso demasiado perfume. El niño estornuda: «¡Achú!». Ella ríe con coquetería: «¡Salud!». «Gracias», dice el niño, con una sonrisa cortés. La mujer lo hala de la mano con suavidad para que se levante y hace un gesto con la cabeza indicando una cabaña que colinda con el lago. «Vamos», dice con cariño. El niño se resiste y pone el cuerpo pesado. El hombre, quien hasta entonces había estado sonriendo con orgullo y con los brazos cruzados, se torna serio. La mujer hala al niño con un poco más de fuerza. El niño se resiste. «No quiero», dice. El hombre descruza los brazos y se inclina hacia el niño. Le pega en la cara con la mano abierta. La mujer se asusta con el sonido explosivo de la mano áspera golpeando la suave mejilla, pero no dice nada. El niño comienza a llorar; tiene la forma de una mano pintada en rojo sobre su cara. «Muévete», dice el hombre. El niño, inmóvil, llora más intensamente. El hombre le da otra bofetada, esta más fuerte. «Te dije que te muevas —dice el hombre—. Y deja de llorar. Yo prefiero una hija puta que un hijo maricón». El niño deja de llorar; se traga las lágrimas. El hombre, con encanto repentino, se dirige a la mujer: «Llévatelo, corazón». Ella vuelve a darle la mano al niño, quien ahora se pone de pie con cautela. Ella es mucho más alta que él. Caminan de la mano hacia la cabaña. Ella mira al frente y el niño mira hacia la plácida superficie del lago. Sopla la brisa. El hombre se sienta sobre la hierba, justo donde el niño había estado sentado; la siente cálida. Ensimismado, el hombre observa las pequeñas ondas que dibuja la brisa sobre el agua. Percibe las nubes que se desplazan sobre el horizonte. Piensa en su difunta madre. El niño y la mujer entran a la cabaña.

—¿Papá?

Su papá volvió al presente de un salto como cuando Alberto lo había despertado.

—Sí, sí. Disculpa. Dime, hijito.

—Nada, te decía que Camila estudió psicología en la universidad.

—Ah... Mira tú.

No hablaron por la mayoría del trayecto de regreso a la casa de Alberto, pero su papá puso música *country*. Al igual que el cine, esa música era de las pocas cosas que podían apreciar y compartir juntos. Alberto se perdía en las historias humanas que cantaban esas voces honestas envueltas en capas alegres de guitarras acústicas de antes, instrumentos percutivos brillantes, bajos sonrientes y violines que elevaban las historias y las hacían trascender del mundo real a un mundo mejor. Ambos tarareaban o cantaban en voz baja las canciones que conocían. Alberto notó cómo las lámparas anaranjadas de los postes de luz que flanqueaban la calle se reflejaban sobre el pavimento gris y húmedo sobre el cual rodaba el tanque.

—¿Cuándo llovió? —dijo Alberto—. Ni me di cuenta.

—¿Qué pasó, hijo? Acuérdate que aquí llueve como mi hermana jode: cuando le da la gana.

Ambos rieron unas risas profundas que gradualmente se disiparon hasta que sólo quedó música en el aire dentro del tanque. Minutos después, el tanque dejó de rodar frente a la casa de Alberto. Su papá apagó la música.

—Bueno, hijito. Feliz cumpleaños. Espero que la hayas pasado bien. Te quiero mucho.

—Yo a ti, papá. Y gracias.

—Ah, por cierto: No se te ocurra decirle nada a tu mamá.

—¿Estás loco? Obvio que no.

—Bueno..., la coartada que le di es que fuimos al cine, por si pregunta —dijo su papá—. Buenas noches, hijo —le dio un besito en la mejilla—. Qué bueno verte. Disfruta tu fin de semana.

—Gracias, papá. Igualmente.

Alberto se bajó del tanque y entró por la reja. La cerró. Mientras abría la puerta de la casa, se sentía observado y juzgado. Al abrir y entrar, se volteó y se despidió de su papá, quien estaba esperando tras los vidrios ahumados del tanque a que su hijo entrara bien. El tanque lanzó un bocinazo de despedida y rodó. Alberto cerró y trancó la puerta con cautela para no despertar a su mamá. Caminó sigilosamente hacia su habitación.

—¿Cómo les fue? —dijo su mamá desde otra habitación, con voz de ultratumba. «Carajo», murmuró Alberto; soltó una risa nerviosa.

—¿Estás despierta? —dijo riendo—. Me asustaste.

—Más dormida que despierta, pero cuéntame: ¿Qué película vieron?

—Una ahí de esas dramáticas, pero qué buen guion.

—Ah, qué bueno, me alegro. ¿Y tu papá? ¿Bien?

—Sí, bien, ahí anda. Te manda saludos.

—Ja ja, igualmente. Bueno, hijito, buenas noches. Feliz cumpleaños.

—Gracias, mamá. Buenas noches.

Alberto entró a su habitación y trancó la puerta. Todo le parecía más callado de lo normal, y menos colorido. Se quitó la camisa y se puso un *t-shirt* blanco. Se quitó el reloj, los zapatos y la correa. Cambió el pantalón de vestir y el bóxer por un pantalón piyama con diseños de caritas felices. Se quitó las medias. Encendió el aire acondicionado. Apagó la luz. Se cubrió con las sábanas. Pensó en Laura. Se durmió llorando.

El lunes en el colegio, sonó el timbre del recreo. El sonido brillante de la campana de cobre y los gritos de libertad de sus amigos fueron suficiente para despertar a Alberto, quien se había quedado dormido durante la clase de filosofía, sentado, con la frente apoyada sobre los brazos que apoyaba sobre el pupitre. No durmió bien durante todo el fin de semana pensando en su cumpleaños. Casi no salió de su habitación. No hablaba si no le hablaban. Su mamá le había preguntado si se estaba resfriando, porque lo notaba muy callado, a lo cual él había respondido «no creo, aunque quién sabe con este clima». El sábado no comió nada y el domingo sólo cenó. Pensó que todo había sido su culpa, que debió haber sido más fuerte con su papá, que tal vez así él hubiera entendido que no quería y hubieran ido al cine como en otros cumpleaños y hubieran comprado *popcorn* y lo hubieran cubierto con sal amarilla y se hubieran comido la mitad de la caja antes de que terminaran los repartos y comenzara la película.

—¡Alberto! ¿Cómo estás? —dijo Laura, caminando hacia él. Tenía puesto el lazo verde del viernes—. ¿Qué tal pasaste tu cumpleaños?

Alberto estaba sentado, ensimismado. Laura se acercó y se sentó en el pupitre vacío a su lado.

—¿Alberto?

Alberto volvió al presente de un salto, sonrió por costumbre y escuchó una ráfaga de pensamientos: «Yo esto no se lo puedo contar a nadie, ni a mi mamá puedo, mucho menos a Laura, qué pensaría de mí, tan buena que es, y si me pregunta, bueno, digo que fui al cine con Tomás y Fernando, no, porque después les pregunta a ellos, ah, ya sé, le digo que cené con mi familia y que vimos una película, cuál película, ah, una ahí con Al Pacino, muy buena, el tipo es un actorazo, y ni loco me le declaro hoy, seguro se da cuenta de que hay algo raro, seguro lo siente, seguro siente que algo pasa, seguro que sí, tú sonríe, abre la boca, y habla normal, como si nada».

—¡Bien! Todo bien. ¿Tú cómo estás, Laura?

—Me alegro mucho. Yo estoy bien... Y te traje algo. Mira.

Laura dejó ver la mano que hasta entonces escondía tras su espalda y le dio a Alberto un libro, el cual se veía y sentía nuevo. Sin darse cuenta, Alberto leyó la portada en voz baja: «*El viaje del escritor*... por Christopher Vogler».

—¡Sorpresa! —exclamó Laura—. Escuché que hay que leerlo si uno algún día quiere escribir películas. Feliz cumpleaños. Espero que te guste.

—*Wow*, Laura —dijo Alberto, llenándose de amor—. Me encanta.

Olvidó la ráfaga de pensamientos, olvidó el fin de semana, olvidó su cumpleaños, el pavimento mojado, la música *rock*, los boleros, a Camila, la luz anaranjada, el perfume, la colonia, la finca, la playa, los estornudos, a su papá, la casita verde, las puertas, la reja, la voz melodiosa, a su abuelo, el tanque, el jabón, la ducha, el piso, el agua caliente, la toalla, las voces cambiantes, la cama, el ruido, la ropa, el miedo, el terror, la culpa, los dos estuches, las manos temblantes, los cubos de hielo, los insultos, la chispa, el halago, la vergüenza, a su mamá, la ira, el gobierno, los políticos, los relojes, la correa, los zapatos, las lluvias, el clima, las sábanas, las lágrimas. Olvidó el edificio, las banderitas blancas, el colegio, al vendedor de empanadas, las clases, el uniforme, la filosofía, a sus amigos, el timbre, la salida, su casa, su habitación, su ropa, su espejo, todos sus cumpleaños, toda su niñez, la niñez de su papá, la niñez de su abuelo, la niñez de todos aquellos que nunca habían logrado olvidar. Todo lo que había transcurrido en toda su vida y en todas las vidas de aquellos, lo olvidó. Sólo era consciente de sí, del libro, de Laura, del lazo verde y de los ojos azules.

—Oye, Laura.

—¿Sí?

—¿Quieres ser mi novia?

Jade

Pablo tenía dieciséis años la primera vez que se enamoró.

Ocurrió en la piscina del Club Español. Era una piscina mediana de 50 metros de largo y 25 de ancho, honda en el medio y llana en los extremos. El rectángulo de la piscina estaba dentro de un rectángulo más grande: el área de la piscina, cuya superficie seca era de cemento color rojo ladrillo. En esta superficie, alrededor de la piscina, había pequeñas mesas de vidrio con patas de aluminio, los peores materiales posibles para mesas de piscina. Cada mesa tenía sus sillas blancas de plástico y su parasol. El área de la piscina estaba rodeada por pinos cuyas agujas se iban volando con la brisa y a veces aterrizaban en el agua como si quisieran molestar a los nadadores.

El día del amor de Pablo, el agua con cloro estaba fría; pero refrescaba en vez de congelar, pues el sol estaba tan caliente que picaba. El cielo era perfecto para la natación: celeste como los mosaicos en el fondo de la piscina. Flotaban en el cielo sólo dos nubes que parecían servir de adorno para quien se inspirara y decidiera pintar el cielo ideal.

Pablo y su entrenador conversaban amenamente justo afuera de la piscina.

—A ver, Pablito —dijo el entrenador—. Hoy haces 500 metros de patadas, 500 de brazadas y 1000 estilo libre; 2000 metros y quedamos. ¿Listo o qué?

Cuando dijo «patadas» simuló patear afuera del agua. Cuando dijo «brazadas» simuló brazadas en el aire. Cuando dijo «estilo libre» se apuntó a sí mismo como quien dice: «Libre, como yo». El entrenador era dueño de una personalidad extravagante. Además, siempre estaba sonriendo. Era tan alegre que podía cansar a Pablo, quien sentía la presión de sonreír constantemente durante cada entrenamiento como preparándose para una foto que no llegaba nunca. Para entretenerse, Pablo a veces veía en su imaginación al entrenador sonriendo en circunstancias poco propicias para una sonrisa.

—¡Listo! —respondió Pablo aguantándose la risa; acababa de imaginarse al sonriente entrenador en una tétrica sala de cuidados intensivos.

A Pablo se le hacía fácil la natación. Tuvo su primera clase a los tres años con un legendario entrenador de la Piscina Olímpica Nacional. La clase se dio de la siguiente manera: El legendario entrenador empujó a Pablo en la parte honda de la piscina para ver si se ahogaba. No se ahogó. Así terminó la clase, que para Pablo fue más tortura que clase; pero de algo sirvió, porque a sus dieciséis años la natación era ya parte de él. Incluso había días en los cuales se sentía más cómodo en agua que sobre tierra.

—¡Vamos con todo, pues! —exclamó el entrenador.

Pablo tenía puesto su collar de jade de buena suerte, su vestido de baño color azul y gafas de nadar que le quedaban un poco apretadas. Tomó una tabla de natación, se metió al agua refrescante y arrancó a patear. Su cuerpo estaba extendido boca abajo; sus brazos alargados hacia el frente agarraban la tabla; sus piernas pateaban y desaparecían en la espuma que creaban al patear. Cuando le faltaba aire, Pablo sacaba su cara del agua y respiraba. Cuando le sobraba aire, se quedaba mirando bajo el agua los mosaicos celestes mientras soltaba el aire por la nariz, creando así burbujas que flotaban hacia la libertad de la superficie.

Con su cara bajo el agua, Pablo percibió que la pared del otro extremo de la piscina estaba muy cerca. Pateó más rápido hasta que, en el momento preciso, soltó de la tabla su mano derecha y tocó la pared.

50 metros.

Un toque más y completaría sus primeros 100. Pero antes de volver a patear, se paró sobre los mosaicos llanos con el fin de acomodarse las gafas. Fue entonces cuando la vio.

No la había visto cuando comenzó a patear. Estaba sentada sola en una de las sillas de plástico. Estaba leyendo. Era linda, de una belleza suave y paciente. Tenía puesto un bikini color rosa. Su piel era blanca. Su cabello era castaño, largo. Pablo la miró a la altura del libro con la esperanza de que ella mirara, pero no miró.

—¿Entonces? ¿Ya te cansaste? —gritó el entrenador desde el otro extremo de la piscina. Los gritos tampoco hicieron que la mujer alzara la mirada. Pablo se rio y le respondió al entrenador:

—¡Voy!

Tomó impulso usando la pared de la piscina y siguió pateando como antes; pero ahora en vez de mirar los mosaicos cuando su cara estaba bajo el agua, cerraba los ojos y veía a la mujer que acababa de ver, ahora un poco adornada por la mente: con un bikini rosa brillante, piel blanca escarchada y cabello castaño largo con un toque de dorado. Pablo abría los ojos sólo para sacar su cara del agua y respirar; luego, regresaba bajo el agua, cerraba los ojos y, con una sonrisa discreta, admiraba a la mujer en su imaginación.

100 metros.

No perdió tiempo y volvió a patear hacia la mujer en la silla de plástico. Mientras más se acercaba, más sacaba su cara del agua para verla, aunque no le hiciera falta el aire. Tocó la pared: 150 metros. Se paró sobre los mosaicos llanos y miró de nuevo a la mujer, de cerca. No era tan brillante como la recordaba, pero aún era linda. Se le dibujaba una sonrisa enigmática, tal vez a causa de lo que leía. Él la volvió a mirar a la altura del libro para que ella mirara: nuevamente, no funcionó. «Qué bueno tiene que estar ese libro», pensó Pablo.

Así fueron las cosas por 1900 metros. Con cada vuelta, Pablo se volvía más creativo en sus intentos por llamar la atención de la mujer en la silla.

A veces le gritaba al entrenador preguntas sin sentido sólo para que la mujer alzara la mirada. Llegó a hacer preguntas como «¿qué tal va mi natación?» y «¿cuál es un buen libro para nadar?». No funcionó.

Tarareó melodías románticas cerca de ella. Tampoco funcionó.

Por un momento, consideró echarle agua con cloro a ella y, especialmente, a ese maldito libro; pero decidió que no sería muy prudente... y que no funcionaría.

Tal vez hablarle directamente sí hubiera funcionado; mas no lo consideró una opción válida porque hubiese sido indisciplinado hablarle a una mujer durante un entrenamiento; pero, sobre todo, por timidez.

Mientras tanto, la mujer en su imaginación ganaba más brillo. Se movía lentamente, con amor, y pasaba las páginas de un libro ficticio con la elegancia de una bailarina. Su bikini estaba cubierto de polvo de rubí, su piel blanca relucía con escarcha de diamante y su cabello castaño teñido en oro se movía con una brisa cálida. Toda esta mujer brillaba en la imaginación de Pablo como un tesoro en el fondo del mar. Comenzó a crear un mundo alrededor de ella. Reemplazó la silla de plástico por un trono dorado. Alrededor del trono, sólo veía el color púrpura. Su imaginación se había convertido en una pintura expresionista cuyo sujeto era una mujer adornada con piedras preciosas, sentada en un trono de oro, rodeada por un púrpura profundo.

Faltaban 100 metros en estilo libre y el entrenamiento terminaría. Pablo sentía en todo el cuerpo, especialmente en sus brazos y en su abdomen, el placentero dolor del ejercicio físico. La mujer en la silla todavía estaba leyendo, sola. «Cien más», se dijo Pablo, y nadó por última vez hacia ella. Aguantando la respiración y forzando los pulmones, no sacó la cara del agua hasta que llegó al otro extremo de la piscina. Tocó la pared. Se paró y respiró hondo. Miró a la mujer. Ya no estaba sola. Estaba hablando con el entrenador.

Pablo sintió en el pecho el fuego de la indignación y pensó cosas como «ya me la quitaron», aun sabiendo que nunca tuvo nada que le pudiesen quitar. El entrenador lo miró. La mujer real también. Ella tenía profundos ojos verdes que transmitían una mirada humana y sin adornos. Pablo no pudo soportar la honestidad de la mirada de ella y arrancó a nadar los últimos 50 metros. Su mente rumiaba en torno a la posible conversación entre la mujer real y el entrenador, llegando siempre a las peores conclusiones posibles: que ya se conocían, que eran pareja, que lo miraban a él para burlarse.

Pero cada vez que Pablo cerraba los ojos bajo el agua, ahí estaba la mujer imaginaria para consolarlo. Ahora tenía ojos de jade que, combinados con un bikini de rubí, piel blanca de diamante y cabello castaño de oro, parecían llamarlo. Ella sólo lo quería a él.

Tocó la pared: 2000 metros.

Para calmar sus pulmones, Pablo hizo varias series de un ejercicio de respiración: soltaba el aire por la nariz bajo el agua y respiraba por la boca fuera del agua. Cada vez que salía del agua para respirar, veía cómo el entrenador caminaba, acercándose rápidamente hacia él. Pablo se preparó para disimular la indignación que aún sentía. Percibió que la mujer, desde el otro extremo de la piscina, lo observaba ejecutar el ejercicio de respiración. Finalmente, cerró el entrenamiento y salió de la piscina; el entrenador lo recibió con un apretón de manos y la sonrisa de siempre.

—Muy bien, Pablito. ¿Viste cómo vas mejorando la resistencia? Mañana vamos con estilo pecho también.

Al decir «estilo pecho» el entrenador se golpeó el pecho como un gorila.

—Perfecto —respondió el indignado Pablo aguantándose la risa; acababa de imaginarse al sonriente entrenador golpeándose el pecho como un gorila, durante un trágico funeral.

—Pero hay algo más importante —agregó el entrenador—: Te quieren conocer.

Pablo dejó de respirar por un momento y se hizo el tonto.

—¿Quién?

—La muchacha que está allá.

Carente de toda sutileza, el entrenador apuntó en dirección a la mujer real, quien se percató de esto y escondió la mirada tras el libro. A distancia se veía que su cara se había tornado del color rosa de su bikini.

—¿Quién es? —preguntó Pablo.

—Se llama Jade —dijo el entrenador—. Es uruguaya. Me dijo que hace unos días sus papás se hicieron socios del Club y que hoy es la primera vez que viene a la piscina. Con razón no la había visto antes. Tiene dieciocho años. Ah, y le dije que tú también; si le decía que tienes dieciséis, tal vez no te querría conocer..., pero tú dile la verdad si quieres.

Los dos rieron. Ya Pablo había perdonado al entrenador por el crimen que nunca cometió.

—¿Se llama Jade? —preguntó Pablo.

—Sí —dijo el entrenador—. Bonito nombre, ¿no?

—Sí, sí.

Pablo miró su collar de jade de buena suerte. Notó que era de un color similar al de los ojos de la Jade en la silla de plástico y de un color idéntico al de los ojos de la Jade en su imaginación. Miró al entrenador.

—Pero ¿qué fue lo que te dijo? —preguntó.

—Dijo que eres bien parecido. ¡Ese es mi pupilo! Viste, te dije que la natación es el deporte completo.

Los dos volvieron a reír.

—Buena suerte —agregó el entrenador. Se despidió con otro apretón de manos y otra sonrisa. Se dio la vuelta, comenzó a caminar hacia la piscina y dijo en voz muy alta—: Yo voy a limpiar el agua, que estas agujas de pino no lo dejan a uno en paz.

—Ja ja, listo, listo —dijo Pablo—. Te aviso cuando ya me vaya.

—¡Bueno!

Pablo se acercó a la maleta que había dejado sobre una de las mesas de vidrio antes de iniciado el entrenamiento. Sacó de la maleta una toalla que se puso sobre la nuca. Dirigió la mirada hacia la Jade real. Estaba inmersa en su libro, tal vez porque seguía siendo un buen libro, pero sin duda por vergüenza, pues su cara seguía rosada. Pablo agarró la maleta y comenzó a caminar en dirección a Jade, quien se percató del movimiento y comenzó a reajustar su cuerpo en la silla. Pablo sentía la energía vital de la anticipación. Entonces, cortó su camino; sin mirar a la Jade real, entró en el solitario vestidor que colindaba con el área de la piscina.

Se quitó el vestido de baño, pero se dejó el collar. Entró a la ducha. Abrió la regadera; el agua estaba helada. Recordó que el entrenador decía que «mientras más fría sea la ducha después de nadar, mejor», así que aguantó el frío. El agua mojaba su cabello y fluía desde ahí como una pequeña cascada. Pablo cerraba los ojos y se reunía con la Jade imaginaria. «Jade», pensaba. «Como sus ojos. Como el collar».

Despertó de su fantasía y se decidió: hablaría con la Jade real después de la ducha. «Me quiere conocer y es muy linda. Nada que perder», pensó. Razonó que antes él acababa de nadar, pero ahora estaría duchado y bien vestido, así que mejor que no le habló antes y mejor hablarle ahora. Con esta nueva meta, Pablo se apresuró en ducharse. Al terminar, cerró la llave del agua, salió de la ducha, se secó, se vistió con ropa limpia, escurrió y guardó su vestido de baño y su toalla, se colgó la maleta del hombro, y salió del vestidor hacia el área de la piscina, sin pensar, porque si pensaba mucho, hacía poco.

Al salir, se sorprendió de lo gris que se había tornado el día. El sol picante y el cielo celeste se habían ahogado en una enorme piscina de nubes oscuras. El olor a humedad llenaba el aire; pronto llovería. Pablo caminó hacia el área de la piscina y siguió acercándose hasta que confirmó lo que creía percibir desde lejos: la Jade real se había ido. El entrenador lo vio y se despidió.

—Bueno, Pablín, ¡nos vemos mañana! —dijo. Ya había olvidado lo de Jade. Ahora estaba enfocado en recoger, antes de que lloviera, las agujas de pino que flotaban en la piscina. Usaba una red que parecía de atrapar mariposas y tal vez eso imaginaba que hacía, pues sonreía demasiado, como siempre.

—¡Hasta mañana!

Pablo se despidió y comenzó a caminar hacia los estacionamientos del Club Español para tomar su carro y conducirlo a casa. Caminaba junto con la Jade imaginaria. Si tan sólo pudiese acercarse a su brillo, a su trono, a su mundo púrpura. La saludaría. Hablarían del libro ficticio. Una conexión inevitable. Un beso furtivo. Tal vez más que un beso. Romance. Música. Cartas. Poesía. Risas. Calor.

Frente a la entrada principal del Club Español, a un lado de los estacionamientos, Pablo se sintió solo.

—Chao —dijo una voz suave.

Era Jade. La real. También iba saliendo del Club. Tenía el cabello mojado y vestía un traje blanco de playa. Sonreía delicadamente. Aún era muy linda. Pero ya no se parecía a la Jade imaginaria. No se comparaba. Pablo le sonrió amigablemente y se despidió:

—Chao.

Pablo no volvería a ver a la Jade real. En cuanto a la Jade imaginaria, la vería por el resto de su vida. Se había enamorado.

Intermedio

El cuaderno perdido de Leonardo da Vinci
La carta perdida de Vincent van Gogh a su hermano Theo

El cuaderno perdido de Leonardo da Vinci

¿Por qué el sol afecta la tonalidad de la piel humana, mas no aquella de los ojos humanos? ¿Qué le ocurre al fuego si se congela? ¿Por qué los ríos fluyen a veces hacia arriba sobre el planisferio, pero siempre hacia abajo en el mundo tangible? ¿Por qué se cohesionan las gotas de agua? ¿Es posible que los movimientos físicos de una persona vayan en contra de sus movimientos mentales y emotivos?; ¿bajo qué circunstancias? ¿Las sombras tienen sombras? ¿Por qué me duele tanto el tobillo? ¿Qué huele así?, ¿un peo? Tantas preguntas por responder.

Hoy fui un perezoso. La procrastinación es un mal. Sólo estudié ingeniería, química, moda, dibujo, pintura, medicina, arquitectura, álgebra, geometría, contabilidad, historia, filosofía, escritura, geología y canto. ¿Qué has logrado hasta ahora, Leo? Dime. Dime qué has logrado. Nada. ¡Nada! Mañana sin falta practicaré la lira. Vamos, Leo. Con esta pereza nunca lograrás nada.

Describe la lengua de un pájaro carpintero.

Valentina se veía perfecta hoy; su fisonomía es un monumento a la anatomía..., ¡pero su hermano Giácomo! ¡Oh! ¡Qué hombre! Cálmate, Leo. Mantén tu gracia. Tus contemporáneos aún no saben nada. Sólo asegúrate de no vestir la túnica rosada frente a ellos; pudiese levantar sospecha. ¡A vestir la túnica verde! Qué sociedad tan cruel e inconsistente...; muchos hombres están con hombres..., pero estar con un hombre sigue siendo un crimen. Qué injusticia. Algún día, Giácomo...

Hipotetizo que, debido a una curva idiopática en mi espina dorsal, mi cadera derecha se encuentra menos elevada que la izquierda, lo cual causa que mi tobillo derecho reciba la mayoría del impacto al caminar. ¡Qué dolor de tobillo! Si tan sólo existieran diminutas cápsulas que uno pudiese ingerir para calmar el dolor. Deja de inventar locuras, Leo; vuelve a la realidad. En la realidad habita Giácomo... Su tobillo es hermoso.

Me salió una espinilla en la punta de la nariz. Qué desgracia. Hasta que desaparezca, no permitiré que nadie me vea. Antes muerto que sencillo. Giácomo jamás tendría una espinilla.

Prefiero tener ideas a ejecutarlas. Soy así. ¿Y qué? ¿Por qué nadie lo entiende? ¿Que me pagaron muchos florines de oro para terminar una pintura? Pues así es como yo trabajo. Si ya me conocen y no les gusta cómo soy, no me contraten y se acabó. Que llamen a Michelangelo a ver si me importa. Estoy de mal humor. Quiero llamar a Giácomo.

Michelangelo Buonarroti es un gran payaso. La escultura es un arte incompleto, un arte inferior a la pintura. Él también es inferior; es muy bajito; es un pedacito de persona. Su supuesta gran obra en la Capilla Sixtina nunca será reconocida; estoy seguro de ello. Aunque debo admitir que es guapo. Tiene su encanto. La creatividad es un afrodisíaco. Maldito. ¡Ven a mí, Giácomo!

Hoy seguí pintando a La Gioconda y no parpadeó por horas. Ni hablar de esa sonrisa repelente. Mañana, tú sigue pintándola, Leo. Recuerda: oro es oro. Cobra tus florines y no la tendrás que volver a ver nunca más. Encima, es antipática. Giácomo es supersimpático.

La lengua de un pájaro carpintero es asquerosa. ¡Qué asco! Giácomo es lo contrario a asqueroso. ¡Qué lindo! Calma, Leo.

Una vida bien usada causa una dulce muerte, excepto si Cesare Borgia te decapita. Ten cuidado, Leo. Sigue pintando, sigue sonriendo y manéjate. Hoy mi cabello se ve más bello que nunca; qué lindo que estoy; qué desperdicio sería tal cabellera en una cabeza muerta y sin cuerpo. Mantente vivo. Tengo miedo; estoy estresado; ya no sé en qué enfocarme; me exijo demasiado. ¿Qué estará haciendo Giácomo? Hoy he pensado mucho en él. ¿Qué huele así? La flatulencia es un mal.

Esta tarde, Isabella d'Este volvió a pedirme que pintara su retrato. ¡No! ¡No! ¡No! ¿Hasta cuándo? ¡Necia! ¡No la pintaré jamás! ¡Por fea! Giácomo no es feo. Es bello. Quiero pintarlo.

La hermosa dama que pinté hoy estaba sentada en un glorioso sillón y tenía el porte de una emperatriz a punto de ordenar la muerte de sus disidentes. También tenía bigote. Nadie es perfecto. Excepto Giácomo.

Los peces se ahogan en el aire y los humanos se ahogan en el agua, pero ambos se ahogan bajo tierra. ¿Por qué? ¿Qué no se ahoga bajo tierra? Las hormigas. Tal vez si se combinase un pez, un humano y una hormiga, se crearía una forma de vida indestructible. Tengo hambre. No he comido en tres días. ¿De qué me sirve pensar en locuras? ¿Qué es el hambre? Es la manifestación corporal de la necesidad alimenticia. ¿El pez-hormiga-humano padecería de esta necesidad? Suficiente. A comer. Hoy ceno pescado. ¡Mmm! ¡Ñami ñami! ¡Qué rico! Primero, a practicar la lira. Quiero cantarle canciones a Giácomo.

No sé cuál es mi propósito. ¿Quiero ser pintor? ¿O quiero ser un ingeniero que diseñe armas mortales de guerra? Qué difícil es escoger. ¿Qué diría Giácomo? Oh, Giácomo...

La intimidad humana es sumamente compleja. Soy capaz de escribir un tratado que verse sobre cómo un conocimiento profundo de la geología pudiese nutrir el estilo del pintor naturalista..., ¡pero no sé qué decir frente a Giácomo! ¡Qué nervios!

Ludovico Sforza me dijo hoy que tal vez yo esté deprimido. ¿Yo? ¿Deprimido? Yo no estoy deprimido. Sí, es cierto que veo mi vida como un oscuro e inexorable abismo dentro del cual seguiré cayendo en caída libre hasta estrellarme brutalmente contra el suelo de la muerte. Pero no estoy deprimido. ¡Déjame en paz, Ludo! ¡Sálvame, Giácomo!

.omocáiG noc ralbah omoc oditrevid nat isac se séver la ribircsE

Esta vida artística es demasiado predecible. Me aburre. Una pintura acá, una obra de teatro allá, y así se van los días. Si tan sólo mi padre me hubiese aceptado como suyo. Tendría la profesión que él y todos los hombres Da Vinci han tenido por generaciones, la profesión más excitante de todas: la profesión de notario. ¡Ah, ser un notario! Qué dicha sería. ¡La adrenalina de notarizar un documento oficial! Vamos, Leo. Deja de soñar. Concéntrate. Al menos pule la pintura de La Gioconda por unos minutos esta noche antes de dormir. No le quiero ver la cara ni en pintura. Oro es oro... Giácomo es Giácomo... ¿Qué huele así?

Luca Pacioli es un buen hombre, aunque no sepa vestirse (cada día porta la misma túnica gris..., parece un fraile..., ¡qué pecado!) y aunque esté loco. Hoy me dijo que sus métodos revolucionarán la ciencia de la contabilidad. Pobre. Por lo menos, no ha perdido la capacidad de soñar. Soñar es lo más importante. Sueño contigo, Giácomo.

Me fascina organizar espectáculos. Es una ingeniería transitoria. Mientras que un puente puede durar siglos, un espectáculo ocurre en un corto flujo de tiempo y luego desaparece por siempre; sólo persiste en la memoria de aquellos que lo presenciaron. ¡Demonios del Infierno de Dante! ¡Me he mordido la lengua! Cúrame, Giácomo.

Anoche soñé que en el futuro existirán aparatos artificiales que, simulando el mecanismo natural del ojo humano, podrán capturar representaciones visuales de la realidad que serán fieles a cómo esta se muestre en un instante determinado. Qué sueño tan absurdo. ¿Por qué alguien utilizaría un aparato así en vez de simplemente observar la realidad? No entiendo. También soñé que mi padre me asfixiaba con sus propias manos mientras que mi madre y un cuervo le ayudaban; en el sueño, me sentía profundamente solo. No estoy deprimido, Ludo. ¿Dónde estás, Giácomo?

Llevo diez días sin ir al baño. Algo anda mal. ¡Odio el estreñimiento! Amo a Giácomo.

Me rehúso a terminar el retrato de La Gioconda. No me gusta cómo está quedando. Y ella me cayó tan mal..., ¡se comportó como una *monna* lisa y atrevida! Prefiero morir antes que terminar esa pintura; además, ni siquiera sabría qué nombre ponerle. ¿Qué huele así? Creo que tengo que ir al baño...

¡Giácomo! ¿Serías tú mi Hombre de Vitruvio? ¡Giácomo!

La ecuación áurea: $L + G = (Amor)^2$

Suficiente por hoy. A descansar, mi cuadernito bello. ¡Chaíto!

La carta perdida de Vincent van Gogh a su hermano Theo

Querido Theo:

Te agradezco que hayas venido a visitarme. Me hacía falta verte, hermano. Mi espíritu se sentía como una tenue nube a la merced de la tempestad de la vida; pero, gracias a tu visita, siento que la tormenta ha pasado y que ahora el sol brilla con serenidad. Mas no por eso te escribo esta carta. Temo que, más allá del sol, otra tormenta ha comenzado a formarse.

¿Recuerdas la alergia sobre la que te hablé durante una de nuestras apacibles caminatas al borde del río? Pues ha vuelto. Y peor. Mucho peor. Me pica, Theo. Me pica.

Es una alergia color tornasol con ondas curvilíneas de rosado y rojo. Sus colores y su picazón cubren la mitad inferior de mi brazo derecho. Desde el codo hasta los dedos, mi piel no es sino alergia. Es una alergia que contiene en ella toda la vitalidad de la naturaleza. ¡Es una alergia hermosa! Mas su hermosura no sosiega cuánto me pica. Jamás había visto una alergia como esta. Jamás había sentido tanta picazón. Incluso en el burdel mi alergia genera extrañeza.

Te escribo con circunspección, Theo, pues sé que, como yo, tú también estás afrontando las pequeñas miserias de la vida; no deseo agregar dificultad a tu lucha. Sin embargo, estoy harto. No sé cuánto más pueda resistir. Me siento como un ave cuyas plumas crecen con desbordamiento y amenazan con terminar su libre vuelo y hundirla en la tierra blanda que yace en el fondo del lúgubre océano. En esta imagen, yo soy el ave y las plumas son mi alergia.

Ayer en la mañana, mientras la vida coloreaba el aire frío y nebuloso con pincelazos de púrpura y anaranjado, fui a visitar al médico de la localidad para pedir su opinión sobre la vil alergia. Me dijo que yo no tenía talento, que yo jamás sería un gran artista, que yo comencé a pintar demasiado tarde, que me haría bien dejar el arte para dedicarme a un oficio más «útil». Yo le pregunté qué tenía que ver todo eso con el horrible sarpullido alérgico que cubre mi brazo. Me dijo que nada. ¡Oh, Theo! ¡Hay tanta maldad en los hombres!

Hermano, te manifiesto mi situación porque confío en ti. Te pido por favor que no menciones esto a papá. Él no entendería. Jamás entenderá. Él siempre ha tenido una epidermis envidiable; si supiese de mi alergia, temo que la vergüenza que ya siente por mí se vería considerablemente acrecentada. Por favor, Theo. No menciones nada a nadie. Mi alergia debe permanecer en secreto. Asegúrate de quemar esta carta luego de leerla. ¡Que no se te olvide!

La melancolía que siento me ha llevado a recordar a Kornelia, mi compañera de clases en la escuela. ¿Tú la recuerdas? Ella siempre tenía alergia, especialmente en el rostro. En esos grises inviernos holandeses, su alergia me parecía la vista más horrible en la faz de Europa; recuerdo haber pensado que tal vez el rostro de Kornelia no era sino un síntoma de la peste bubónica. Hoy día, la memoria de la misma alergia me provoca nostalgia y añoranza. ¡Cómo el tiempo cambia el color de las vivencias y cómo lo cambiamos nosotros según cambiamos lo que somos! Sabes, si la memoria no me falla, la alergia de Kornelia no sólo me hacía sentir un terror mortal, sino también cierta conmiseración. Tal vez debí haber entablado una relación íntima con ella. Hoy día disfrutaríamos de un amor puro y alérgico. Si bien es cierto que la conmiseración no es lo mismo que el amor, también es cierto que el amor sin conmiseración no es amor.

A veces me siento solo, hermano. Afortunadamente, tengo el arte; este me sigue y seguirá regalando su fiel compañía. Te comparto un bosquejo en el que he estado trabajando sin descanso durante estos últimos días. Lo titulo: «El semblante alegre».

:)

Los ojos abiertos del semblante están representados por dos puntos alineados verticalmente que yacen a la izquierda del centro del bosquejo. Los labios sonrientes del semblante están representados por una línea curva a la derecha del centro del bosquejo. He decidido omitir la nariz, las cejas, las orejas y los otros elementos del semblante alegre; estos elementos serán creados dentro de la imaginación de quien observe detenidamente la figura. Imagino que el sujeto del bosquejo está felizmente acostado en un humilde lecho y que por eso su semblante está de lado. ¿Qué te parece? Escríbeme pronto. Tu opinión significaría mucho para mí. Jamás olvides que, por todo el apoyo que me has brindado a través de los años, este bosquejo y mis demás obras también te pertenecen, pues, sin ti, no existirían.

Theo, sé que soy una carga para ti. El peso que represento en tu vida es un peso que llevo en el cuerpo y en el espíritu. Sin embargo, estoy viviendo una urgencia y debo apelar a ti, mi hermano, la única persona que me entiende y me acepta: Si te es posible, Theo, por favor envíame algo de dinero. Si no te es posible, lo entenderé y no te guardaré rencor; ya me has ayudado mucho y siempre te lo agradeceré. Sólo si tus circunstancias te lo permiten, por favor, envíame lo que puedas. Quisiera visitar a otro médico y necesitaría dinero para pagar por la consulta y para comprar cualquier ungüento que me pudiera ser prescrito.

Pase lo que pase, con mi brazo y con mi vida, yo seguiré trabajando, como siempre. Cuando trabajo con un pincel en mano y un lienzo frente a mí, me siento auténticamente yo y siento como si el mundo entero fuese hipoalergénico. ¿Qué soy en los ojos de los demás? Según ellos soy un loco, un inadaptado, un alérgico crónico. Pues bien, aun si tuviesen la razón, quisiera algún día poder mostrarles, a través de mi trabajo, qué es lo que contiene un corazón como el mío: arte... y urticaria.

¿Será posible que la causa de mi sufrimiento sea la pintura con la que recién comencé a experimentar? Es muy posible. Gauguin me dijo que esta pintura es extraordinaria porque está hecha con tierra de Martinica; sin embargo, ahora comienzo a pensar que Gauguin es un imbécil. Yo jamás había tenido semejante alergia; ni siquiera en las desdichadas minas del Borinage de Bélgica. Debe ser la pintura. Tiene que serlo. Espero que lo sea. Si no lo es, mi ignorancia sobre la génesis de mi alérgica situación amenazaría con convertirse en el apocalipsis de mi débil esperanza.

Envíame una carta en cuanto puedas, Theo. Tus palabras me hacen falta.

Con amor,

Vincent

P.D.: Me está comenzando a picar la oreja izquierda. ¿Cómo poner fin a esta desgracia?

II

Algo como un gato
Aguja
Vasos
San Pedro

Algo como un gato

Me quedé dormido junto a ella. Ya habíamos compartido su cama antes, pero nunca para dormir. En algún momento del cual no me percaté, comencé a soñar.

Soñé que estaba acostado junto a ella, pero dentro de una piscina vacía. Era una piscina al aire libre, similar a la piscina de la casa de una amiga con quien me gradué del colegio. La piscina parecía ser parte del área social de un edificio infinito, pues si miraba hacia el cielo desde el fondo vacío de la piscina, veía a mi derecha un edificio que se extendía infinitamente hacia arriba, atravesando el cielo como una enorme lanza de cemento. El edificio estaba pintado en bloques monocromáticos de blanco hueso, de gris oscuro y de turquesa; se asemejaba a un edificio que vi de niño por la ventana de mi bus escolar. No sé por qué percibí que el edificio, la piscina, ella y yo estábamos cerca de una bahía. Ella se veía, se sentía y olía tan atractiva como siempre. Menciono su olor porque era lo que más me atraía hacia ella: un olor que era una mezcla de dulzura floral y peligro cítrico, un olor que se parecía mucho a ella. Estaba recostada sobre mi pecho, dormida, su cálida mejilla posada sobre mi corazón y su cabello negro derramado sobre mi torso. Su cuerpo era caliente y la brisa era fresca. Debía ser temprano en la mañana, pues aún no se veía el sol. El cielo de pocas nubes estaba pintado con tonos tenues de celeste, gris y lila. Yo permanecía acostado, mirando el cielo, respirando la brisa mañanera y el aroma de ella, notando cómo se sentía mi cuerpo con y contra el suyo. Sé que no me incomodaba la superficie de cemento del fondo de la piscina porque recuerdo sentirme tan cómodo como en mi cama. En otro momento del cual no me percaté, el sueño se transformó en una pesadilla.

Aún dentro de la piscina vacía, sentí en el pecho una fugaz y premonitoria pizca de miedo, como la que imagino sienten los perros antes de un terremoto o de un tsunami. Súbitamente, ella abrió los ojos. Se alejó un poco. Comenzó a contorsionarse. Su espina dorsal se doblaba. Su boca espumaba y gruñía con dolor. Preocupado y acercándome a ella le pregunté qué pasaba, acariciándole el cabello para intentar calmarla. No me respondió. Sentí el dolor de la impotencia; me dolía verla sufrir de una forma tan cruda sin poder hacer nada. Recordé los momentos en los cuales le había tocado a ella ser testigo de mi sufrimiento. Sentí gratitud y determinación para ayudarla. Le pregunté repetidas veces qué pasaba, sin recibir respuesta —ni siquiera sé si me podía escuchar—, hasta que se me hizo obvio lo que pasaba, aunque no fuese lógico. Era una mutación. Su cabello se tiñó color tierra y comenzó a cubrir todo su cuerpo. Ella seguía gruñendo, pero ahora más con ira que con dolor. Me empujó con fuerza. Sentí mucho miedo. Me levanté y corrí lejos de ella para salir de la piscina, pero no había cómo. La piscina carecía de escaleras y era demasiado honda para poder saltar y alcanzar el borde. Recordé sin razón a mi bisabuela en una silla de ruedas, mirando su reflejo en un espejo largo, enseñándome a decir palabras sucias. Me quedé congelado frente a la pared de la piscina, mirando el borde demasiado alto y sabiendo que no iba a poder salir. Ya no la escuchaba gruñir. Me sentí observado. Me volteé. Me miraba fijamente. Se había convertido en «algo».

No se parecía a nada que conociera. Era algo salvaje, cuadrúpedo, con pelaje color tierra, ojos amarillos serpenteados, dientes de tiburón y garras que parecían cuchillos de piel. Sentí terror. Recuerdo haber pensado que seguramente en el edificio infinito habitaría un número infinito de personas, pero presentía que nadie me ayudaría. Pensé también que no sería buena idea intentar suicidarse saltando desde los pisos más altos de un edificio infinito... Demasiado tiempo en el aire para cambiar de opinión. Este último pensamiento me causó gracia. Me pegué a la pared de la piscina y miré hacia el borde alto como esperando el milagro de que apareciera una escalera. Por supuesto, esta jamás apareció. No me avergüenza confesar que quería llorar del miedo; pero, por razones que desconozco, no pude. Me vino a la memoria querer llorar y no poder cuando en un accidente de mi infancia un lápiz se me enterró en el cuello; incluso recordar el accidente me dio y aún me da más ganas de reír que de llorar. Decidí que iba a escalar hasta el borde. Fue entonces cuando me percaté de que estaba descalzo. Mis manos se resbalaban sobre el cemento liso de la pared y lo mismo con mis pies. Seguí intentando escalar sin éxito hasta que sentí dolor, primero en los dedos de ambos pies y luego en la palma de ambas manos. El dolor era exactamente igual al que sentía cuando jugaba tenis por demasiado tiempo. Me rendí. Me doblé y puse las manos sobre mis rodillas. Respiré. Había comenzado a sudar. Mientras veía mis manos, una gota de sudor de mi frente se colgó de alguna pestaña y parpadeé para dejarla ir. Cayó al suelo de la piscina. Miré la gota muerta y pensé: bueno, ya llevo una gota; millones más y salgo de aquí nadando. Me levanté. Me volteé. El «algo» no se había movido. Todavía me miraba fijamente. Su cuerpo se inflaba y desinflaba según el ritmo de una respiración violenta. Quitó la mirada y miró hacia el edificio infinito. Tomó impulso doblando sus cuatro extremidades y saltó con tanta fuerza que sentí un golpe de viento.

El salto terminó con las garras del «algo» enterradas en la pared del edificio desde donde se divisaba la piscina —calculo que unos veinte pisos por encima de donde yo estaba petrificado. Volteó su cuello y me miró. Incluso desde lejos pude distinguir sus ojos amarillos. Me di cuenta de que eran del mismo color amarillo que el de mi bus escolar. Me extrañó que pudiese existir algo como el «algo» en una mañana tan hermosa. Durante un momento de ridiculez, intenté saltar como el «algo» a ver si lograba salir de la piscina. Pero sólo me elevé medio metro. Recordé cuando en la escuela en la clase de gimnasia aprendí a ejecutar el «salto largo», que en mi caso sería más preciso apodar «salto corto», ya que por suerte no salté hacia atrás. La mirada del «algo» se intensificó. No sé por qué, pero supe que yo iba a morir. Le devolví la mirada. Recuerdo haberle perdido el miedo a la muerte al saber que ya venía por mí; tal vez no le temía a la muerte, sino a la incertidumbre que la rodea. El «algo» desenterró una de sus extremidades de la pared del edificio —supongo que para verme mejor— y vi llover piedritas de cemento desde donde sus garras habían estado enterradas. El «algo» tomó impulso y saltó desde el edificio hacia la piscina vacía, hacia mí. Recuerdo ver cómo el «algo» se acercaba velozmente. Recuerdo notar, en mi campo visual, cómo el cielo se hacía más pequeño y el «algo» se agrandaba. Con la velocidad de unos veinte pisos de caída libre, el «algo» cayó encima de mí, enterrándome sus garras en los espacios infinitésimos que separan mi piel de las uñas en mis manos. Nunca había sentido un dolor tan punzante, tan profundo. El dolor llenó todo mi cuerpo. Mi respiración se aceleró y luego se lentificó. Los ojos amarillos parecían disfrutar mientras me miraban sufrir de cerca. Me sentí morir.

Desperté.

Me senté en la cama. Estaba aterrado. Supe que era de madrugada. Lo único que acompañaba al silencio era algún búho vocalizando desde algún árbol. Mi respiración era rápida, casi hiperventilada. Mi corazón se estrellaba contra la pared interior de mi pecho. Estaba empapado en sudor, pero sentía frío. Ahí estaba ella, dormida, demasiado caliente; su calor me hastiaba. El recuerdo del dolor era tan real como lo había sido el dolor y por un instante volví a sufrir; a veces el recuerdo se siente como lo que se recuerda. Ella seguía durmiendo, inofensiva. Yo estaba agotado. Me escabullí de la cama, con cuidado, para no despertarla. Caminé de puntillas hacia el baño, cuya puerta estaba a sólo unos pasos de su cama. Casi me caigo con los zapatos que dejé puestos al pie de la cama; pero, por suerte, retuve mi balance y no hice ruido. Abrí la puerta del baño suavemente y, una vez adentro, la cerré como en cámara lenta. Encendí la luz. El búho dejó de vocalizar; supuse que le había dado sueño porque ya era temprano. Me miré en el espejo. No tenía camisa. Frente al espejo y el lavamanos, abrí la llave del agua fría. Hice una copa con ambas manos. Puse la copa bajo el chorro de agua; la vi llenarse. Me acerqué a la copa llena y la vacié en mi cara. Me hacía falta. Hice lo mismo algunas veces más. Cerré la llave del agua. Me sequé la cara y las manos con la toalla de ella. Recuerdo querer escaparme de ese baño y de ese apartamento, sin avisar, sólo para poder secarme con mi propia toalla. Acomodé su toalla y apagué la luz. Salí del baño y dejé la puerta entreabierta para evitar hacer ruido. Esquivé mis zapatos. Me escabullí de regreso a la cama, bajo las sábanas. Su cuerpo aún estaba demasiado caliente, así que me alejé un poco. Cerré los ojos. Dormí mal.

En la mañana, cuando tanto ella como yo habíamos despertado, fuimos de la cama a la cocina para desayunar. Un pájaro afuera del apartamento cantaba una simple melodía en una escala mayor; si mal no recuerdo, cantaba *fa-la-sol* una y otra vez. La luz del sol recién nacido entraba por la ventana y llenaba la cocina. Decidimos que íbamos a hacer *waffles* de desayuno. La verdad es que me provocaba más comer huevos revueltos con queso amarillo y jamón, pero yo no había comido *waffles* en años y quería recordar su sabor. Mientras agrupábamos los ingredientes necesarios sobre el mostrador a un lado de la estufa, ella me preguntó cómo había dormido. Le mentí diciéndole que había dormido bien. Le pregunté lo mismo. Me dijo que ella también, aunque había soñado que se había convertido en «algo como un gato». Agregó que no se acordaba del resto del sueño. Fue lo último que compartió conmigo, pues le dije que le agradecía por todo lo bueno que me había dado, pero que no quería volver a verla. Me despedí con un beso honesto en su mejilla y salí del apartamento. No miré atrás, así que no sé cómo reaccionó; pero como no dijo nada y no me siguió, supongo —o me gustaría suponer— que parte de ella sabía que era lo correcto. Ya afuera de su apartamento, comencé a caminar hacia mi carro. Recuerdo la brisa fresca y cómo acariciaba mi cara en esa caminata. Recuerdo el sol que más que caliente era cálido, como un abrazo de buen amor. Recuerdo que escuché la melodía del pájaro muy cerca y recuerdo también que no pude encontrarlo, a pesar de que lo intenté. Recuerdo la culpa que sentí por haberme ido así; no quería lastimarla. Recuerdo el alivio que sentí al entrar en mi carro y poner mi música preferida. Bajé las ventanas y conduje con calma, frenando ante las luces amarillas que me mostraron algunos semáforos, para demorarme y disfrutar de la brisa y del trayecto. Al llegar a mi apartamento, entré a mi habitación. Me dejé caer sobre mi cama. Abracé mi almohada. Dormí profundamente hasta la noche.

Lo último que supe de ella fue que le dijo a su gente que nos dejamos porque estoy loco y porque la engañé con otra mujer. Nunca la engañé y la dejé más por intuición que por locura. Supe también que estaba viéndose con un tipo quien ella siempre me decía era sólo un amigo. Y yo, bueno, sigo soltero..., pero duermo bien. No he tenido más pesadillas.

Aguja

—¡Javier Díaz!

La voz de la enfermera resuena en la sala de espera de la clínica. Su nombre es Ketty González y ya, a eso de la una de la tarde, está cansada. Hoy comenzó a trabajar muy temprano porque anoche su bebé de nueve meses, Paquito, no la dejó dormir.

—Para estar acostada con los ojos abiertos, mejor es estar trabajando —le dijo a su marido Paco en la madrugada. Se bañó, se vistió y salió hacia la clínica. Paquito ni lloraba, parecía mudo; era Ketty la incapaz de dormir en su propia cama temiendo el llanto de su vulnerable cría, como una mujer que no puede dormir acompañada del amante por estar anticipando ronquidos que nunca llegan.

Javier Díaz cierra la revista que pretendía leer; es de esas revistas de sala de espera que no tratan de salud, sino de lujo, moda y farándula. Javier sólo veía los diseños, los colores y las imágenes.

—Qué mujer —murmuró cuando miraba en la revista la fotografía postiza de la modelo que contrataron para vender un perfume por más de lo que valía—. Me gusta. Se nota que es tierna y tremenda al mismo tiempo. Que el dios que exista me ponga enfrente una como ella, y pronto, que ya me estoy volviendo loco. Así ni siquiera se puede trabajar.

Javier escucha su nombre y alza la mano en la que sostiene la revista cerrada:

—¡Acá!

—Puede pasar —dice Ketty con ternura, como le hablaría a Paquito.

Javier dice «gracias» para sí. Quiso agradecerle a la enfermera y no sabe por qué la palabra le salió como a quien habla solo. Coloca la revista sobre la mesa cubierta con otras revistas de colores diferentes y contenido idéntico. Camina hacia la enfermera.

—Hola, señor Díaz, ¿cómo está?

—Bien, bien. ¿Usted qué tal?

—Algo cansada, pero bien. Pase adelante. Es la primera puerta a la derecha. Ya pronto lo atienden.

—Listo, muchas gracias..., y por cierto: nada de «señor». Todavía estoy muy joven para eso.

Ketty suelta una risa débil y risueña. Está muy cansada. No sabe cómo sobrevivirá el resto del día. Su cuerpo recuerda la vitalidad del café y la impulsa a buscar un poco. Piensa «¿será que ahorita me tomo un cafecito?» y se responde «sí», y celebra internamente su gran decisión sin saber que su cuerpo ya había decidido por ella.

Javier franquea el marco de la primera puerta a la derecha. Lo primero que ve es una silla grande, color gris oscuro, tapizada con un material seco; parece una tenebrosa silla eléctrica, sólo que más acolchonada. El resto del consultorio es de color hospital: blanco fosforescente con toques de celeste. Javier se sienta en la silla. A su izquierda está la pared blanca decorada con un colorido diagrama del sistema circulatorio. A su derecha hay una silla con patas que ruedan y un escritorio con una computadora. Más allá del escritorio, sobre un mostrador, dentro de un recipiente especial, Javier ve decenas de tubitos plásticos llenos de sangre: nota que la sangre en un tubo es roja; en otro, rojo vino; en otro, marrón. Javier siente asco. A un lado de la sangre, en otro recipiente, ve muchas jeringuillas cuyas agujas parecen desafiarlo. Javier odia las agujas.

Una enfermera entra al consultorio. Tiene puesta una mascarilla celeste que esconde la mitad inferior de su semblante y resalta sus ojos: café claro, intensos. Javier piensa que tiene mirada de actriz, pero no sabe como cuál. Ella saluda mientras se sienta en la silla rodante a un lado de Javier:

—Hola, ¿cómo estamos? Mi nombre es Lilia. Discúlpame la demora.

Lilia Gutiérrez tiene una voz brillante, resonante y femenina. La voz transmite su encanto. Es cubana: su acento la delata. Es de esos acentos no tan marcados que confunden al oyente, pero sí que le obligan a escuchar con más atención. Javier siente surgir en él un súbito deseo por ella.

—Si ni hubo demora. Tranquila. ¿Cómo va todo?

—Ay, fíjate que no te voy a mentir... Se me fue toda la hora de almuerzo en el teléfono.

—No puede ser. ¿Y eso?

Lilia toma un respiro mientras pasa su mano a través de su cabello largo y negro, de adelante hacia atrás, soltando así un aroma dulce de champú o perfume, y responde:

—Una mujer a la que yo le explicaba «mira, yo tengo treinta y tres años, así que mi seguro médico no puede ser el de tercera edad; yo tengo el seguro estándar de la compañía; que mi edad tenga el número tres nada tiene que ver con que yo sea de tercera edad», y ella con lo mismo, preguntando si mi seguro era de tercera edad; de veras que hay que ser bruta, y yo «mira, vamos a ver si nos entendemos, chica, a ver si nos hacemos amigas antes de que me vuelvas loca» y así se me fue toda la hora. ¿Puedes creerlo?

Javier nota que Lilia, al desahogarse, se relaja.

—No te lo creo. Qué locura. ¿Entonces no comiste nada?

—Sí, comí teléfono.

Javier suelta una risa. Lilia continúa:

—Yo creo que esa mujer comenzó a trabajar ayer y la tenían entrenando conmigo. Es la única explicación lógica.

—De verdad que sí. Oye..., y mira que yo nunca he comido teléfono. ¿Cómo te supo?

Los ojos de Lilia se sonríen.

—Ah, pues. Delicioso.

—¡Viste! Qué bueno.

Javier nota que Lilia ya se desahogó por completo. Lilia se siente liviana.

—Eso sí. Bueno, dime. ¿Cómo te llamas y qué te vienes a hacer hoy?

—Javier... y pruebas de sangre estándar, que ya me tocan este año.

—Ah, fácil, sencillo, Javier, mucho gusto. Buen nombre. Fíjate que tengo un tío que se llama Javier. No soporto a mi tío, pero me gusta el nombre —Javier ríe—. A ver, ya te busco aquí y te digo si tienes que pagar. Lo más probable es que no sea «si», sino «cuánto».

—Ja, como siempre.

Lilia presiona teclas en la computadora y muestra, en la pantalla, el costo estimado de las pruebas: casi cien dólares.

—¿Qué? —dice Javier con indignación—. Si toca pagarlo, toca; pero está algo caro.

—No, chico, mira; cien dólares no es nada. Fíjate en cuánto te hubiera salido si no tuvieras el seguro médico que tienes.

Lilia presiona más teclas y muestra otra cantidad, esta en los miles de dólares. Javier ve que Lilia no se pintó las uñas hoy y nota que esto no quita feminidad a sus manos. También ve en uno de los dedos de la mano izquierda de Lilia un anillo de matrimonio. Javier, un poco decepcionado, considera preguntar sobre el anillo; pero se contiene como un comediante que se guarda el chiste porque sabe que vendrá un momento más oportuno para soltarlo.

—¡Qué! —exclama Javier—. Qué va. Con gusto pago los cien. Pero qué locura. ¿Cómo hace la gente que no tiene seguro?

—Ah, sencillo: se compran una soga y se cuelgan. Sale más barato.

—Ja ja, mira tú. Lo tendré en cuenta.

—Sí, ya sabes. Y si no quieren comprarse la soga, también se pueden meter un tiro e ir a morirse a lo lejos.

—Oye, pero tú sí eres positiva, Lilia —dice Javier con sarcasmo—. Un ángel de luz.

—¿Yo? Toda la vida lo he sido, cariño.

Se miran en silencio por un momento eterno. El palpable deseo de Javier quisiera removerle a Lilia la mascarilla, darle un beso tierno justo al lado de los labios, recorrer con la boca el camino de piel que lleva de los labios de ella hasta un lado de su cuello, darle un beso en el cuello, despacio. Lilia quita la mirada y rueda la silla hacia el mostrador.

—Bueno, ¿en cuál brazo quieres el agujazo?

Javier ve a Lilia tomar una jeringuilla y dos tubos de muestra vacíos.

—Está buena la rima.

—Fíjate que nunca me había salido así la pregunta. Debe ser porque me caes simpático.

—Mira que sí, eso mismo debe ser.

Lilia deja escapar una pequeña risa.

—Pero no me has respondido. ¿Cuál prefieres?

—La verdad, ninguno.

—¿Y tú le llamas «ninguno» al derecho o al izquierdo?

Javier suelta un suspiro, respira por la nariz y abre la boca para responder; pero Lilia interviene mientras rueda la silla hacia él.

—Ni me contestes, chico. Mejor me fijo en qué brazo está mejor la vena. Óyeme, ¿y a ti qué te pasó? Te veo pálido.

—Mira, Lilia..., la verdad es que yo podré ser muy valiente para muchas cosas, pero no para las agujas.

—Ay, no, yo no sé de eso. A mí me han dicho que o se es valiente para todo o no se es valiente para nada.

—Esa no me la sabía. ¿Y tú vendrías siendo cuál de las dos?

—¿Yo? Valiente para todo.

—¿Para todo?

A Javier se le escapó la pregunta con tono de quien quiere jugar.

—Todito.

—Es bueno saberlo.

—Sí.

Javier vuelve al tema principal.

—Entonces, ¿en qué brazo viene la desgracia?

—Jo, exagerado. No sé todavía. Ya me fijo.

Lilia mira por unos instantes la flexura del codo izquierdo de Javier. Luego, hace lo mismo con aquella del codo derecho, sube las cejas y lanza una carcajada.

—Oye... ¡Esa vena te la veo desde acá! ¡Oye! ¡Casi me sacas un ojo! Brazo derecho, chico. Por ahí va. No hay duda.

Javier quiere reírse, pero el miedo no lo deja. Lilia rueda la silla hacia el escritorio, abre un cajón, toma una gruesa banda elástica negra, rueda de vuelta y amarra la banda elástica en el brazo derecho de Javier, unas pulgadas por encima de la flexura del codo.

—¿La sientes bien amarrada? —Lilia se aleja un poco.

—Lastimosamente.

—Bueno, vamos, valentía. Abre y cierra el puño.

Javier lo hace y ve cómo se va inflando la vena verdosa en el centro de la flexura del codo. Siente asco y miedo, y quita la mirada:

—Lo que sí te digo es que no voy a mirar.

—Mejor, oye. ¿Tú para qué quieres ver tu propia sangre?

—Cierto. Mejor te miro a ti.

Se conectan sus miradas. Lilia no tiene ojeras y parece que nunca las ha tenido; parece que siempre ha dormido bien. Ella mira la banda elástica y, sonriendo bajo la mascarilla, responde:

—Sí. Mejor.

Dilio Rodríguez, acostado sobre la cama de su habitación, abre los ojos con esfuerzo. Mira su reloj despertador y descubre que es la una y veintitrés de la tarde. Ayer sentía que se estaba enfermando y hoy se siente enfermo. Él siempre ha sido muy blanco, pero hoy se ve más pálido de lo normal. Gabriela, su novia, sigue durmiendo al lado de él. Ella tiene la piel oliva. «Esta mujer nunca se enferma», piensa Dilio con humor, mirando a Gabriela. «Es absurdo. En los años que llevamos juntos, no le ha dado ni una reacción alérgica, ni un resfriado. En cambio, a mí por una brisa me da urticaria o pulmonía. Si llegamos a tener hijos, espero que saquen el sistema inmunológico de ella. Y que duerman tan bien como ella, porque a mí me hace falta enfermarme para dormir hasta tarde».

Haciendo el menor ruido posible para no despertar a Gabriela, Dilio se levanta de la cama, toma un cambio de ropa del clóset, camina hacia el baño, se desviste, se da una breve ducha, sale de la ducha, se seca y, dentro del baño, se viste con la ropa limpia. Al abrir la puerta del baño que conecta con la habitación, Dilio se da cuenta de que, sin querer, hizo demasiado ruido.

—¿A dónde vas, mi amorcito, así tan guapo? —pregunta Gabriela, totalmente despierta. Está en piyama, sentada sobre la cama, despeinada y sonriendo.

—Ja ja, buenos días, luz de mi vida. A la clínica. ¿Te acuerdas de que ayer no me sentía bien?

—Sí, claro. ¿Qué tienes? ¿Te sientes peor?

—Sí, sí. Me duele la cabeza y me siento algo débil. Tal vez sea un resfriado pasajero, pero igual prefiero ir a la clínica, por si las dudas.

—Sí, mejor ir, por cualquier cosa. ¿Quieres que te acompañe?

—Claro que sí. Sólo que habría que ir ya. Nos queda cerca, pero mientras más pronto vayamos, mejor.

—Dale, me arreglo rapidito... Te quiero mucho.

—Yo más. Te besaría, pero no quiero contagiarte.

—Ay, mi amor. Yo no me he enfermado desde que a los seis años me dio varicela. Pero está bien. Dejamos el beso para cuando estés curado.

Dilio hace el gesto de un beso a distancia para Gabriela y ella lo corresponde.

Lilia se acerca más a Javier so pretexto de asegurarse de que la banda elástica esté bien amarrada. Al acercarse, deja entrever un collar —hasta ahora escondido— cuya piedra de oro coquetea con su escote. Lilia comienza a jugar con el collar para atrapar la mirada de Javier. A él se le acelera el corazón y piensa para sí: «No mires, no mires, aguanta, no mires, vamos, tú puedes, no mires». Ella sabe lo que hace y piensa hacia él: «Mira, mira, mira». Finalmente, Javier mira. Lilia se aleja, victoriosa. El recuerdo de que la aguja no tardará en llegar cae sobre Javier como una ola imprevista y lo sacude por dentro, inundándolo de miedo.

—Me tendrás que perdonar cualquier obscenidad que grite —dice Javier—. No me hago responsable.

—Te perdono de antemano —dice Lilia—. Okey, mira para el otro lado.

Javier mira hacia su izquierda y fija la mirada en el diagrama del sistema circulatorio. «El cuerpo humano es un milagro o un gran malentendido», piensa. Siente que Lilia le frota sobre la flexura del codo derecho una bolita de algodón empapada de alcohol; el alcohol sobre la piel abrillanta y comprime las sensaciones como lo haría una pastilla de menta en la boca. Javier no siente la aguja; sólo se percata de que ya atravesó la piel cuando siente sangre escapando de su brazo.

—Vereda..., churrasco..., ¡pintura!

Desde que era niño, a Javier le disgustaban las palabras obscenas, le parecían de mal gusto, así que las reemplazó por palabras más «limpias» las cuales se convirtieron, con el tiempo y el hábito, en sus singulares obscenidades.

—¿Vereda? ¿Churrasco? ¿Pintura? Chico... ¿Te dio un derrame?

—Larga historia y más respeto —dice Javier con ligereza—. Cada uno tiene derecho al propio vocabulario.

Esto le cae bien a Lilia, le parece peculiar; además, ella prefiere a los hombres bien hablados y a menudo lamenta que ya quedan muy pocos.

—Bueno, «churrasco», como tú digas —dice Lilia, riendo. Javier suelta una risa nerviosa y siente un pulsante hormigueo en las manos y en la cabeza, el mismo hormigueo ansioso que siente en las montañas rusas.

—¿Entonces? ¿Me vas a dejar sin sangre?

—Óyeme, paciencia, chico.

—¡Vereda!

—No me digas que te duele.

—No, no; no me duele —dice Javier con gran sarcasmo—. Es más: me gusta.

Lilia le sigue el juego.

—Yo sabía que te iba a gustar. Desde que te vi sabía. Recuerda que a veces el dolor no es ni más ni menos que placer mal mirado.

—Estás clarita. Qué barbaridad. A mis veinticinco años es que vengo a descubrir cuánto me gusta que me saquen la sangre. ¿Cuántos placeres habré desperdiciado?

—Sí, bueno, pero ya sabes. Mejor tarde que nunca. Dile a tu novia que digo yo que tú lo que eres es un diamante en bruto; dile que te está desperdiciando.

—Si hubiera novia, se lo diría esta misma noche —la aguja se mueve un poco dentro del brazo de Javier y le envía un relámpago de dolor—: ¡Pintura!

—¿Ese fue un «pintura» de placer, no? —pregunta Lilia. Javier se recupera del dolor, sonríe y sigue con el juego.

—Obvio que sí. De placer profundo. Cuidado que de ahora en adelante me invento exámenes de laboratorio sólo para que me saques la sangre.

Ambos ríen mientras el tubito se va llenando.

—Deja de reírte —dice Javier—. No vaya a ser que te tiemble la mano.

—¿A mí? No, qué va, chico. Con una aguja a mí no me tiembla la mano. Con otra cosa de repente sí.

Javier se queda sin palabras ante el mensaje tan directo. Lilia enfrenta una duda que le quedó flotando en la mente:

—Óyeme, ¿y cómo que no hay novia?

—Sí, qué va, desde hace unos meses.

—¿Qué pasó?

—La vida.

—Suele pasar.

—Aunque no les pasó a ti y a tu marido.

—¿A qué marido?

—¿Tienes varios?

—¡Tú estás muy graciosito! ¿Te saco la sangre y me coges confianza?

El primer tubo de muestra está lleno de sangre. Lilia lo desconecta de la parte trasera de la jeringuilla y lo reemplaza por el tubo vacío. Sus manos son tan delicadas que Javier no siente estos movimientos.

—¡Pues claro! Esto de las pruebas de sangre es una cosa muy íntima. Oye, el marido que te dio ese anillo.

Javier dirige la mirada hacia el brillante anillo en la mano izquierda de Lilia; se percata de que ya se llenó un tubo de sangre y de que sólo falta el otro.

—Mi exmarido, dirás.

—¿Sí? ¿Ex? ¿Y por qué usas el anillo?

—Fácil: porque el diamante está precioso. No me pongas esa cara de escéptico. ¿Qué? ¿Lo voy a botar? No, no, no. Además, fíjate bien en qué dedo lo llevo.

Javier se fija y, mientras el segundo tubo se llena de sangre, el diamante pulido brilla desde el dedo índice de Lilia, no desde el anular.

—Ah, ya, ya. Ya veo. Y... ¿Qué pasó?

—¿En mi matrimonio? Pues, la vida.

—Ja, sí, suele pasar.

La enfermera Ketty González está sentada en la cocinita de la clínica con los codos apoyados sobre una mesita redonda. Abraza con la mano izquierda una taza de café cubano —«colada»— la cual le calienta hasta el hombro. Posa una mirada dispersa sobre la cafetera que usó para preparar la colada. «Qué cosa tan rara el café», piensa. «¿Quién habrá sido el primer humano en tapar su cansancio con café? ¿Cómo supo que el café ayudaría? ¿O no se habría dado cuenta sino hasta después de que la mitad de su tribu había muerto por probar granos que no eran café, sino veneno?». Ketty toma un gran sorbo de colada. Pone la taza sobre la mesita. Se lleva la otra mano a la boca y, pensativa, comienza a morder la uña del pulgar. «¿Cómo estará mi Paquito? Espero que haya dormido bien. Mi bebé. Pobrecito. Tan lindo que es. Se parece mucho al papá, pero yo creo que sacó mi temperamento. Ay, qué lindo cómo se me queda mirando, como curioso. ¿Qué estará haciendo? ¿Será que ahorita mismo está diciendo su primera palabra? ¿Será que intentará caminar por primera vez? Y yo aquí... ¿Haciendo qué? ¿Trabajando? ¡Por favor! A una le pagan es por poner cara bonita y por mantener el cuerpo dentro de las mismas paredes por ya ni sé cuántas horas al día. Si todos fuésemos honestos y responsables, la jornada laboral no duraría más de cinco horas diarias. Qué tontería. Qué gran tontería. Mi bebé comenzando a vivir y yo aquí viviendo un poco menos cada día, lejos de él».

Ketty deja de morderse la uña y comienza a frotar el pulgar con el índice; la fricción le calienta los dedos. «Ay, Ketty, ya. Ya. Suficiente», se dice. «Relájate. Te hiciste demasiada colada». Ketty abraza la taza con la mano derecha y se toma el resto del café. «Ya. Ya». Se levanta de la silla y lleva la taza al fregadero que está al lado de la cafetera. Abre la llave del agua y, con la mirada dispersa, comienza a enjuagar la taza. Escucha los pasos de unas enfermeras que caminan por el pasillo. Logra oír a Silvana, su mejor amiga en la clínica, hablándole a otra enfermera cuya identidad Ketty no logra descifrar: «Uy, es que esos dientes de vampirito hay que quitárselos. ¡Me tienen nerviosa!». Ketty sonríe y divierte la mente en imaginar el contexto detrás de esa frase tan pintoresca.

Dilio y Gabriela toman asiento en la sala de espera de la clínica. Al lado de sus asientos, hay una mesa cubierta de revistas con portadas coloridas.

—Nunca entenderé quién lee esas revistas —dice Gabriela.

Dilio mira los colores y fotografías de las portadas y suelta una risa:

—No sé, mi luz; pero yo no.

—Menos mal; no seríamos muy compatibles si leyeras eso. Es que no entiendo. Qué estupidez. Son las mismas revistas que te ponen al frente cuando estás en fila para pagar en el supermercado. ¡Y hay gente que las compra!

—Oye, baja la voz.

Gabriela comienza a hablar en un volumen exageradamente bajo, lo cual hace reír a Dilio.

—Pues sí, te lo digo en voz muy bajita, porque aparentemente todo esto es un secreto... Hay gente que compra esas revistas, tiene que haber gente que las compre; si no, no las seguirían imprimiendo.

—Mi luz, qué te puedo decir. Para los gustos, los colores. Por cierto..., hace calor aquí, ¿no?

—Sí, un poco —Gabriela vuelve a hablar en un volumen normal—. ¿Cómo te sientes?

—Regular, pero el calor no ayuda. Espero que no demoren mucho.

—No creo que demoren —Gabriela mira el reloj plateado en su muñeca derecha—. Ya son las dos y quince.

Javier Díaz siente la aguja salir de su brazo: el segundo tubo está lleno. Siente un tenue mareo que, combinado con el alivio de haber sobrevivido las pruebas, le da cierto placer. Lilia presiona con el algodón alcoholizado sobre el diminuto hoyo que dejó la aguja y tapa el hoyo con una curita.

—¿Ya ves? —dice Lilia—. Sigues vivo.

—Uf, sí. Muchas gracias. Sin duda, han sido las mejores pruebas de sangre de mi vida.

—Ah, qué bueno, ya ves, ya ves —Lilia desamarra la banda elástica y el brazo de Javier se relaja—. Por nada. Gracias a ti —Lilia coloca la banda sobre el escritorio—. La cuenta te llega por correo y la pagas en línea. Qué lástima que ya terminamos. La pasamos tan bien.

—No hemos terminado, necesariamente —la mirada de Javier se torna curiosa y profundiza en los ojos de Lilia, los cuales se ajustan de inmediato—. ¿Todavía tienes hambre?

—Claro... El teléfono sabe bien, pero no llena.

Intuitivamente, Lilia se suelta la mascarilla para desnudar el arco apetecible que forman sus labios pintados de rojo. «Ya la quiero besar», piensa Javier.

—¿Como cuánta hambre dirías que tienes? —pregunta él con picardía.

—Ay, yo estoy que me muero de hambre —responde ella con inocencia fingida.

—Mira que yo también. ¿Y a ti qué te provoca comer?

—Lo cierto es que ahorita, lo que me pongan al frente, me lo como.

—Lilia, yo digo que vayamos a comer juntos ya, porque es una maldad andar por la vida con hambre y pudiendo comer.

A Lilia se le sonríe toda la cara. Luego, mira el reloj dorado en su muñeca izquierda, baja la voz y dice:

—Okey. Pero no tengo mucho tiempo.

—Tranquila. Usemos el que tenemos.

—Pero no sé... Estás como muy jovencito para que comamos juntos, ¿no?

—Si aquí todos somos adultos, ¿qué importa? Además, cuidado que de alma soy mayor que tú.

Lilia se ríe. Ya estaba convencida, pero quería ser convencida una vez más.

—Eso no lo sé..., pero tendré cuidado.

La fatigada voz de la enfermera Ketty González resuena débilmente en la sala de espera de la clínica:

—¿Dilio Rodríguez?

Dilio suelta la mano de Gabriela, se levanta de la silla y camina hacia Ketty.

—¿Sí?

Ketty pone cara de avergonzada.

—Señor Rodríguez, ¿podría esperar un ratito más? Creo que la enfermera de turno salió a comer, porque no la encuentro. No debe demorar. Discúlpeme.

—No se preocupe. Yo entiendo. Pero ¿puedo esperar en mi carro? El calor aquí me hace sentir peor.

—Claro que sí, señor Rodríguez. Sin problema. Yo voy y le aviso cuando estemos listos. ¿Cuál es su carro?

—La camioneta blanca, aquí mismo al frente de la clínica. No, esa no. Esa tampoco. Sí, sí, esa.

—Perfecto, yo le aviso.

—Mil gracias.

Dilio le sonríe a Gabriela, quien escuchó el intercambio. Se toman de la mano y salen de la clínica. Entran al auto de Dilio. Él enciende el motor y el aire acondicionado.

—¡Ahora sí! —exclama Dilio—. Esta es mi temperatura.

En el estacionamiento de la clínica, Javier espera en su auto deportivo color negro con el aire acondicionado encendido. Lilia toca la ventana del asiento de pasajero. Él baja la ventana.

—Uy, no traje ninguna aguja —dice ella—. Se me olvidó cuánto te gusta. ¿Me devuelvo y la busco?

Javier se ríe.

—Tranquila, para la próxima. ¿Trajiste una mano?

—Traje dos.

—Igual yo —dice Javier mostrando ambas manos. Desatranca el auto.

—Qué coincidencia —dice Lilia y abre la puerta de pasajero.

—¿Será que te temblarán? —pregunta él.

—Ya veremos.

Lilia entra en el auto. Javier sube la ventana.

La enfermera Ketty González sale de la clínica hacia el estacionamiento. Camina hacia una camioneta blanca. El conductor baja la ventana.

—Señor Rodríguez, disculpe la demora —dice Ketty—. La enfermera de turno no ha regresado, pero hablé con otra enfermera y ella lo puede atender ahora.

—Qué buena noticia —dice Dilio, aliviado—. Mil gracias.

Dilio apaga el motor de la camioneta. Él y Gabriela se bajan del auto. Ketty les abre la puerta de la clínica y ellos entran. Ketty entra después de ellos; pero, antes de cerrar la puerta, ve a la enfermera Lilia Gutiérrez, despeinada, bajándose de un sedán deportivo color negro. Lilia, levemente sorprendida, ve a Ketty mirándola; sus miradas se juntan.

Ketty piensa: «Con razón no había vuelto. Mírala, de nuevo, con otro paciente. Es una verdadera fresca. Y después anda quejándose que dónde están los hombres decentes. Pues no están contigo en el estacionamiento de la clínica; eso te lo aseguro. Por algo la dejó su marido. Qué gran decisión. Vivir con una mujer así, por muy placentera que sea, debe ser una tortura. Mejor es vivir en paz. Por suerte, Silvana siempre está dispuesta a reemplazar a la fresca. Silvana sí es una enfermera de verdad». Lilia piensa: «¿Qué hace afuera la aburrida? Pensé que era alérgica al aire libre. Se le nota en la cara de boba cómo me juzga. Maldita que es. Niña rara. Me juzga por envidiosa. Porque ella se casó joven y no vivió nada, mientras yo sigo viviendo y cada día más; por eso me juzga. Allá ella con su marido sin sal y odiando su trabajo. No la soporto. Ni a ella ni a la pedante de Silvana. Son unas desgraciadas». Lilia camina hacia la puerta que Ketty mantiene abierta. Al pasar Lilia a un lado de Ketty, ambas mujeres se saludan con hipocresía:

—¡Hola, Lilia! ¿Cómo estás? Feliz tarde.

—¡Ketty! Qué bueno verte, chica. Lo mismo para ti.

El sedán deportivo color negro sale del estacionamiento y desaparece en el flujo de autos de la calle principal.

Durante toda la tarde, numerosos autos van y vienen por las calles de la ciudad. Cada conductor se considera como el más importante y percibe a los demás conductores como justamente eso: «los demás conductores». Algunos llegan a sus casas o salen de sus casas. Otros van llegando al trabajo o saliendo. Unos conducen por necesidad y otros por deseo. Unos para sentirse libres y otros para sentirse seguros. Unos buscando pasiones y otros buscando tranquilidad. Unos solos y otros acompañados. Unos rápido y otros lento. Toda la tarde, todos conducen. Escuchan música en sus autos, disfrutan del silencio, bajan la ventana y sienten la brisa, disminuyen la velocidad, incrementan la velocidad, cantan, bailan, suben la ventana y sienten el aire acondicionado, lloran en privado, admiran la vista, se quejan de la calle, se ríen, gritan para desahogarse, olvidan al último amor, recuerdan al primer amor, piensan en sus familias, se preguntan quiénes son, no se preguntan nada y sólo existen, frenan ante el semáforo, piensan en qué van a cenar, respiran conscientemente, aceleran ante el semáforo, insultan a otro conductor, saludan a otro conductor, maldicen a los demás conductores, bendicen a los demás conductores, esperan, avanzan, esperan, avanzan. Todos conducen y todos, inevitablemente, dejan de conducir.

Dilio Rodríguez y su novia Gabriela conversan en la cama luego de hacer el amor. A través de la ventana de la habitación, se distingue una tenue luna llena.

—Ya me siento mejor —dice Dilio, sonreído.

—Me di cuenta —dice Gabriela—. Estás sanito, sanito. Fue una gran idea ir a la clínica.

—Totalmente. Yo creo que lo que más me tenía enfermo era el miedo a estar enfermo, porque al parecer estoy «de libro», como dijo la enfermera.

—Sí, mi libro. Ya que estás tan saludable..., ¿me das otro beso?

En una habitación oscura, la cara de Javier Díaz se alumbra por la luz que emite la pantalla de la computadora. Está tan aislado que aún no lo sabe y tan concentrado en su trabajo que no ha visto que ya anocheció. Aún le queda mucho por hacer, pero se siente afortunado porque puede trabajar desde casa. De vez en cuando, cierra los ojos y vuelve a ver lo que vivió con aquella enfermera en el asiento trasero de su auto, como un adicto recordando su droga. «Hay un dios», piensa. «Qué delicia de mujer».

Sentada en el sofá de su apartamento, Lilia Gutiérrez mira la pantalla del televisor y llora desenfrenadamente. Ella suele salir con sus amigas en las noches, pero esta noche decidió quedarse en casa. Acaba de terminar de ver por duodécima vez su película romántica favorita. «Qué belleza», piensa, aferrándose a su anillo de matrimonio. «El amor existe y es lo más lindo que hay. Sé que me llegará. Lo sé».

A las siete de la noche, la enfermera Ketty González abre la puerta principal de su casa. Al entrar y cerrar la puerta, Ketty suspira, relaja los hombros y dice para sí: «Finalmente». Escucha la risa de un bebé, seguida por la voz de un hombre quien se dirige al bebé:

—¿Quién llegó ahí, Paquito? No será el amor de mi vida...

¿O sí? ¿Ah?

El bebé se ríe a carcajadas, sin razón y con disfrute.

—Yo soy el amor de tu vida..., espero —dice Ketty con humor. Cruza la sala de la pequeña casa, entra en la cocina y ve a Paco haciéndole muecas a Paquito, quien está sentado en una silla alta para bebés—. ¿O hay otra mujer por ahí?

—La única otra mujer eres tú por la mañana —dice Paco con lujuria—. No me decido si me gusta más tu sabor con luna o con sol.

—Oye —dice Ketty con coquetería—. Cálmate que estamos con Paquito.

—Mejor que aprenda, ¿no?

—Tú estás mal de la cabeza —dice Ketty, riendo. Paco sonríe con orgullo fingido para ocultar el dolor que siente ante otro sutil rechazo de su esposa. Ketty se acerca a Paquito y le da un besito en la frente. Agarra la manito derecha del bebé.

—¡Hola! ¿Cómo está la cosa más linda del mundo?

Paquito se echa a reír como si comprendiese lo exagerado del cumplido de su mamá. Paco, reprimiendo su dolor, abraza a Ketty por la cintura y le da un beso en la mejilla.

—¿Qué tal tu día, linda? —pregunta.

—Ay, qué te cuento —dice Ketty—. Otro día largo; lo mismo de siempre. Nada especial.

Vasos

—¿De verdad crees que nos volveremos a ver? —preguntó Carolina.

—Claro que sí, mi amor —respondió Nicolás—. A menos que para ese entonces estemos tan viejos que ya no podamos ver.

—Oye, pero tú sí eres chistoso —dijo ella con tono sarcástico.

—Mil gracias, mi amor.

Se dieron un beso entre risas suaves que tapaban tristeza. Estaban recostados sobre la cama de Nicolás, tal vez por última vez. La cama no tenía ni forro, ni almohadas, ni sábanas; ya casi todo estaba empacado. Era de noche y la lámpara blanca fluorescente que colgaba del cielorraso de la habitación alumbraba ropa tirada, unas bolsas de basura llenas de libros para regalar, unas bocinas dañadas para botar, un tocadiscos para vender y una densa montaña de objetos misceláneos como facturas, cartas, pines, fotos, folletos, monedas y demás.

—Oye —dijo ella—: hablo en serio.

—Yo también. Claro que nos volveremos a ver. Y créeme: en mi mundo ideal, no nos dejaríamos de ver.

Carolina abrazó a Nicolás con fuerza y comenzó a llorar lentamente. Nicolás la abrazó y se aguantó las lágrimas. Tenían un acuerdo implícito que consistía en que si uno lloraba, el otro apoyaba.

—Tranquila, mi amor.

Nicolás le acariciaba el cabello y sentía cómo la dulce cabeza de la mujer que amaba temblaba según el ritmo de su llanto. Ella enterró su cara en el hombro derecho de él y él sintió cómo se le iba mojando la camisa de lágrimas cálidas. Siguió acariciándola; sin embargo, para poder honrar el acuerdo, dejó de mirarla y fijó la vista en la oscuridad indefinible que se percibía a través de la ventana de la habitación. Volvió a pensar lo que ya había pensado incontables veces: que tal vez nunca se volverían a ver, por alguna razón u otra. Este pensamiento invasivo casi rompe el acuerdo; pero Nicolás canalizó todo lo que sentía hacia el abrazar a Carolina con más fuerza y hacia el llenarle la cabeza de besos mientras respiraba hondo el olor a lavanda de su champú. La alejó sólo un poco, con ternura.

—¿Quieres algo de tomar, mi amor? —preguntó. Carolina respondió entre lágrimas:

—No.

—Dale, dime qué quieres. Yo te consiento. ¿Quieres batido de chocolate?

—No —dijo ella, y se le escapó una sonrisa.

—Ah, ya sé. Tú lo que quieres es vodka.

—No, mi amor —dijo ella con seriedad—. No. Yo lo que quiero es batido de chocolate con vodka.

—¡Esa es mi mujer! —dijo él, y se le escapó una risa.

—¿Te gustó ese chiste, mi amor? —dijo ella.

—Qué humilde, mi amor —dijo él.

—Yo siempre, mi amor. Tráeme agua, mi amor.

—Tú siempre, mi amor. Okey, mi amor.

—Gracias, mi amor.

—De nada, mi amor.

Nicolás la dejó en la cama con una sonrisa en la cara y, también sonriendo, caminó hacia la puerta de la habitación esquivando todo lo esparcido por el suelo. Salió de la habitación y, mientras cerraba la puerta, conectó su mirada con la de Carolina. En cuanto la cerró por completo, se apoyó contra esta y comenzó a llorar. Se tapó la cara con ambas manos y lloró hacia adentro para que Carolina no oyera. Recordó la voz de su papá: «El hombre llora solo». Respiró despacio. Se calmó. Entró a la cocina. Abrió la despensa y agarró dos vasos desechables. Los puso sobre el mostrador. Sacó de la nevera un contenedor de agua filtrada y lo inclinó sobre cada vaso hasta que ambos estaban casi desbordados con agua fría. Guardó el contenedor. Agarró los dos vasos llenos, uno en cada mano, y caminó de regreso a la habitación, con cuidado, para no derramar agua. Tocó la puerta con la punta del pie.

—Señorita Carolina, aquí le tengo su pedido.

—¡Ya le abro!

Carolina abrió la puerta y agarró uno de los vasos con agua. Tomó un sorbo grande.

—Uf, qué agua más buena —dijo—. Gracias, mi amor. Ven, sentémonos.

Nicolás tomó un sorbo de agua. Se sentaron sobre el borde de la cama.

—Oye, mi amor —dijo Carolina, con ese tono interrogativo tan particular en ella que podría preceder a una pregunta tierna o a una pregunta en broma—: ¿tú quieres que yo te regale vasos de vidrio para tu cumpleaños?

Pregunta en broma. Él sonrió y soltó aire por la nariz como parte de una pequeña risa. Ella insistió:

—No, no, dime en serio y yo te los regalo. Con todo respeto a tus vasos de papel, pero digo yo que ya es hora de que tengas vasos de verdad.

—Tú sí eres linda, mi amor. Gracias por la oferta tan generosa. Estoy totalmente de acuerdo contigo; pero si me la paso mudándome..., ¿para qué vasos de vidrio?

—¿Y si dejas de mudarte?

—Entonces sí, vasos de vidrio.

—Ah..., bueno.

Se acercaron y juntaron los labios fríos por el agua en un beso que duró hasta que sus labios se llenaron de calor.

Pasaron el resto de la noche oscilando entre alegría y tristeza. Cantaron. Bailaron. Se amaron con ternura. Pegaron sus narices, se abrazaron por la cintura, se miraron a los ojos y se dijeron que se amarían siempre. Se hicieron mil promesas, de las posibles y de las imposibles. Se dijeron de todo, desde «mudémonos juntos» hasta «casémonos», incluso hasta «modestia aparte, mi amor, de verdad que nuestros hijos serían hermosos». Acostados, se miraron fijamente, acariciándose. Ella se quedó dormida primero. Él la miró. Temía que fuera la última vez que podría ver su cara y sus cejas y sus orejas y su cabello y su nariz y su boca. Se aguantó las ganas de llorar porque las lágrimas le hubiesen nublado la vista, lo cual le habría nublado la futura memoria de la vista. Temía que al día siguiente se arrepentiría de no haberla mirado por más tiempo. Se acercó a ella y le dio un beso en la frente. Susurró:

—Te amo.

Se volteó en dirección contraria y se alejó de ella para llorar y dormir. Ella, medio dormida, respondió:

—Yo más.

Él volvió a ella, la abrazó y dijo en voz baja:

—Imposible.

Y se durmieron.

A las once de la mañana del día siguiente, Carolina despertó. Nicolás no estaba. La ropa, las bolsas y las cosas tampoco. Carolina se asustó. Saltó de la cama. Con el corazón en la boca, salió de la habitación. Suspiró con alivio: Nicolás estaba en la cocina preparando un batido de chocolate.

—¡Al fin! ¡Buenas tardes! —dijo él—. ¿Cómo dormiste, mi amor?

—Bien, bien...

—Qué bueno. Ahora prepárate para probar el mejor batido del universo.

Carolina lo abrazó lentamente:

—¿Por qué no me despertaste?

—Uf, mi amor, estabas profundamente dormidísima; no quise despertarte. Y quería sorprenderte con el batido.

Ella lo miró con preocupación.

—¿A qué hora quieres salir? ¿Ya metiste todo en el carro?

—Ya todo está listo —respondió Nicolás. Miró su reloj—. Como en una hora salimos: te dejo en tu casa y arranco; así llego al hotel con tiempo.

La frase «en una hora» golpeó visiblemente a los dos. Si hubieran sabido que llegaría el día cuando sólo les quedaría una hora juntos, nunca habrían perdido tiempo discutiendo por tonterías como quién fue el o la genio que dejó la bendita toalla tirada.

—Es muy fuerte esto —dijo Carolina.

—Dímelo a mí —dijo Nicolás. Sirvió batido de chocolate en dos vasos desechables nuevos, llenándolos hasta la mitad. Carolina achicó los ojos y miró los vasos de papel con odio fingido. Nicolás se rio. Carolina le guiñó el ojo y tomó un sorbo.

—*Wow*, qué rico. Está increíble. Gracias, mi amor; pero, oye…, te tengo una preguntita —dijo, con su tono tan particular—: ¿anoche tú me ofreciste batido de chocolate porque tú querías?

Delatándose adrede con un tono de indignación exagerada, una mirada esquiva y una sonrisa completa, Nicolás respondió:

—Qué mente la tuya, oye, por Dios, mujer, qué bárbara, cómo se te ocurre, yo esto no lo puedo creer...

—Tú eres un caso —dijo Carolina, sonriendo.

Se dieron un beso con sabor a batido de chocolate y, cargando sus vasos, caminaron hacia el sofá de la sala. Se sentaron. Advirtieron el apartamento vacío. Él envolvió un brazo alrededor de ella; ambos miraban al frente, abrazados, tomando de sus vasos, sin decir nada, como si estuvieran en el cine. Cuando terminó su batido, Carolina recostó la cabeza sobre las piernas de Nicolás. Él le acariciaba el cabello y le hacía círculos de masaje en la sien. Ella le acariciaba las piernas y, de vez en cuando, le daba uno que otro besito.

A veces, Nicolás miraba su reloj. El primer trayecto duraría seis horas y no quería salir muy tarde. Carolina se daba cuenta; no le gustaba que él mirara su reloj; nunca le gustó; la hacía sentir olvidada, como si él estuviese apurado por irse de su lado. Pero esta vez no dijo nada. Rompieron el silencio y comenzaron a recordar en voz alta. Cómo se conocieron. Que se habían visto antes de conocerse. O que tal vez vieron a gente parecida. Qué tal fue la primera cita. Él que estaba tan nervioso que casi se le salen los ojos. Ella que se dio cuenta, pero que le pareció más tierno que incómodo. Él que pensó que ella no se había dado cuenta: qué vergüenza. Ella que sí, pero muy tierno. Él que aún se reía de cuando ella se cayó en aquel estacionamiento. Ella que le agradecía por recordar semejante tragedia de forma tan positiva. Ella y él riendo con ojos brillantes y pupilas dilatadas. Se dijeron lo que les gustaba del otro: a él la sencillez de ella, su sentido del humor tan raro, su encanto, su postura, su don de gente, su calor, su risa, su voz, su presencia, su optimismo, su lealtad, su apoyo, sus regalos, su cuello, su esperanza, su capacidad de alegría, sus valores, su sensibilidad y su ternura; a ella lo detallista de él, su sentido del humor todavía más raro, sus caricias, sus manos, su sentido de dirección en la vida, sus palabras, su pasión, su inteligencia, su creatividad, su disciplina, su amor por la familia, su resiliencia, sus ojos, su ética y su empatía.

Entre recuerdos y confesiones, pasó la hora.

Se levantaron del sofá, vasos vacíos en mano, y se abrazaron con fuerza. Él sintió que se le iban a salir las lágrimas. Se aferró al abrazo para que ella no lo viera llorar. Pensó con fatalidad: «Nunca la podré volver a ver». Ella ya lo conocía, así que lo abrazó y lo apoyó sin intentar verlo, y dijo:

—*It's okay. It's okay.*

Cuando Nicolás había llorado lo que tenía que llorar, ambos se soltaron y se dijeron que se querían mucho. Él se secó los ojos con la camisa. Juntos, salieron por la puerta principal. El sol de medio día cubría todo con una gruesa capa de amarillo. Botaron los vasos desechables en el basurero afuera del apartamento.

—En la basura. Donde pertenecen —dijo Carolina con astucia.

Nicolás se tornó serio y, luego de una pausa, dijo en voz baja:

—Mi amor...

Carolina se preocupó:

—¿Sí, mi amor?

Nicolás exclamó:

—¡Tú sí eres chistosa!

Carolina gritó de la risa como solía hacer a causa de los cumplidos sarcásticos de él, especialmente cuando la tomaban por sorpresa. Ella se reía de verdad, con fuerza, llenando todo el aire a su alrededor con el sonido y la energía de su risa. Se reía con tantas ganas que a veces le daba un ataque de tos, lo cual causaba que Nicolás le dijera algo como «oye, cuidado que se te sale un bronquio», lo cual la hacía reír aún más. Para él, era la mejor risa del mundo.

Entraron al carro. El sedán estaba lleno de cosas; sólo estaban despejados el asiento de conductor y el de pasajero. Como decía Nicolás, no era ningún relajo manejar desde California hasta Carolina del Norte y menos con tanto peso encima..., pero su carrito era fuerte. Él pensó: «¿Cómo así que toda mi vida cabe en un carro?». Nicolás y Carolina se tomaron de la mano y no se soltaron durante todo el trayecto. Él conducía y ella lo miraba conducir. Pasaron por la calle en donde se habían tomado de la mano por primera vez, en ese mismo carro, después de haber visto en el cine una película de miedo durante la cual se la pasaron burlándose de los actores. Pasaron por la heladería en donde a él se le había derramado un poco de helado de chocolate en la camisa y ella había pretendido no darse cuenta. Pasaron por el lago en el cual ella casi se cae durante la primera cita; desde la calle vieron cómo los rayos del sol se reflejaban en el agua resultando en miles de destellos fugaces de luz amarilla y blanca; parecía como si las estrellas se hubiesen metido al lago por el día antes de tener que volver al cielo en la noche. Pasaron por el restaurante italiano en el cual a él se le escapó el primer «te amo» y pensó «trágame, tierra; espero que no me haya escuchado» y ella dijo «yo también te amo» y él pensó «este es el mejor día de mi vida».

Llegaron al estacionamiento de la casa de ella, en donde se habían dado su primer beso alumbrados por la luna en una madrugada que les parecía ya de otra vida.

—Me acuerdo del primer beso —dijo Nicolás—, pero no de cómo llegamos al primer beso.

—Yo ni del beso me acuerdo; estaba tan preocupada por que saliera bien.

—Salió más que bien. ¿Te acuerdas de que nos quedamos abrazados después?

—Claro, oye, qué lindura nosotros.

Nicolás apagó el carro.

—Vamos, mi amor —dijo. Abrió la puerta de conductor y salió. Carolina respiró hondo por la nariz y dejó salir el aire por la boca:

—Sí —dijo—. Vamos —agregó. Abrió su puerta y salió.

Se volvieron a tomar de la mano lo más pronto posible y caminaron hacia la puerta de la casa lo más lento posible. Frente a la puerta de madera pintada de azul, se miraron. Juntaron sus labios. Él le acariciaba la cara y el cabello con una mano y anclaba la otra en la espalda baja de ella, halándola hacia él. Ella le acariciaba la cara y el cabello con una mano y apoyaba la otra sobre el hombro de él. Sus posiciones sugerían una danza. Se besaron con intensa pasión la cual, gradualmente, cedió a la íntima ternura: la misma forma que había tomado su amor. Un transeúnte pasó enfrente de la casa, los miró sin querer y quitó la mirada. Carolina se percató, se sonrojó y dijo:

—Qué falta de todo yo aquí en piyama besuqueándome en media calle.

—Estoy completamente enamorado de ti, Carolina.

Ella se quedó serena y lo miró con ojos cristalinos.

—Yo estoy completamente enamorada de ti, Nicolás.

Volvieron a juntar sus labios y sus cuerpos, y esta vez ambos sentían que tal vez sería por última vez. Interrumpieron el beso y se abrazaron con fuerza. Él la llenaba de besos en la cabeza y en la frente y en la sien. Ella lo abrazaba con más fuerza, casi apretándolo. Suavemente, el abrazo fue cediendo. Quedaron mirándose de frente.

—Chao, mi amor —dijo Nicolás. Se inclinó hacia ella y le dejó un beso fugaz en la mejilla.

—Chao —dijo Carolina, asustada y triste; aún sentía en su mejilla la presencia del beso.

Él comenzó a caminar hacia el carro aguantándose las lágrimas y las ganas de mirar atrás para quedarse con ella por siempre, y pensando «¿por qué me tengo que mudar?» y «¿a quién le importa el trabajo si estoy enamorado?». Entró al carro. Desde el asiento, a través del parabrisas, Nicolás vio a Carolina. Estaba enmarcada por la puerta azul, con los ojos llenos de lágrimas, con un brillo bajo su nariz por haber estado moqueando, con su piyama feo que le quedaba grande y con cabello despeinado de recién despertada. Nicolás pensó: «Perfecta». Y dijo sin darse cuenta:

—Te amo.

Carolina no lo escuchó, pero le leyó los labios y respondió:

—Yo más.

Él también le leyó los labios, sonrió y dijo:

—Imposible.

Ella entendió y se despidió con un ademán. Él hizo lo mismo mientras ponía el carro en reversa y se alejaba de quien había llegado a creer era el amor de su vida. Detuvo el carro en el medio de la calle, paralelo a la casa de ella, y, antes de zarpar, la miró una vez más. Intercambiaron otro ademán.

El carro avanzó.

Nicolás no se atrevió a mirar en el espejo retrovisor aun sabiendo que sólo hubiese podido ver parte de la casa de Carolina que se achicaría poco a poco hasta desaparecer. Se comenzó a reír y dijo en voz alta: «Esto sí que es triste». Luego, comenzó a llorar como un niño. Lloraría mucho durante el viaje.

Fue una semana de viaje que incluyó treinta y seis horas en carretera y varias paradas a lo largo de los Estados Unidos. Partiendo desde Los Ángeles, hizo una parada en Arizona; luego, en Nuevo México; luego, en Texas; luego, en Oklahoma; luego, en Arkansas, y, luego, en Tennessee, hasta llegar a su destino: la ciudad de Greensboro en Carolina del Norte. Durante el viaje, mientras conducía, lloraba de vez en cuando; afortunadamente, tenía su música preferida y múltiples vistas hermosas para llenar parte de la carencia interior que sentía. Lloraba más en los hoteles en cuyas camas extrañas le costaba dormir, a pesar de estar agotado por haber conducido todo el día. No podía dejar de pensar en Carolina. Revolcándose en las camas de hotel tratando de dormir, lo atacaban pensamientos y recuerdos. Recordó lo que sintió en el pecho el instante en que la vio por primera vez y la voz interior que le susurró: «Ella es». Pensó: «¿Y si la voz se equivocó? ¿Y si ella no escuchó una voz similar? ¿Y si no me ve como yo la veo? Cómo cambia el mundo. Sólo unas décadas atrás, nadie se mudaba tanto y ya estaríamos casados». Recordó con claridad la carita de ella, dormida, a su lado. Pensó más: «¿Vale la pena mudarse por lo que uno quiere, aunque signifique decirle adiós a quien uno ama? ¿Será que me equivoqué? A ella todavía le falta un año para graduarse de la maestría. Este trabajo que me ofrecieron es perfecto. Claro que hice lo correcto. ¿O no? No sé. Amarse a distancia es demasiado difícil y el sufrimiento que trae hubiese manchado el Amor. Mejor que nos separamos. ¿O será que debimos haber intentado?». Pensó que le debió haber llevado flores esa vez que la recogió en la universidad, en vez de haber estado preocupado por una trivialidad cotidiana. Luego de horas de revolcarse, de pensar y de recordar, en algún rincón de los Estados Unidos, en algún hotel, en alguna cama, Nicolás se quedaba dormido.

Al volver a la carretera, los pensamientos y recuerdos iban tornándose menos perturbadores. «Hay más belleza afuera de las ciudades que adentro», pensaba. Se sorprendió de lo artístico de Arizona y el caluroso clima le recordó algo: «Este lugar se siente como cuando Carolina y yo abríamos el horno a ver cómo iban las galletas de avena y nos envolvía una ola de calor». Algunas vistas en Nuevo México le parecieron cinematográficas. Texas le pareció enorme: «¿Cuántos países caben en este Estado?». La comida en Tennessee le pareció supremamente malsana pero deliciosa: «Si como así todos los días, me muero feliz y de un infarto». A veces, cuando tenía que detenerse en el medio de la nada para llenar el tanque de gasolina del sedán, fantaseaba con que se encontraría a Carolina dentro de la tiendita de la gasolinera o con que ella lo sorprendería emergiendo del fondo de las cosas que llenaban el carro. Tras el volante, Nicolás componía en su mente palabras para Carolina. Palabras que repasaban en detalle cómo se conocieron y que enriquecían los hechos para hacer parecer que todo había sido algo del destino. Palabras que se acercaban a describir lo que él sentía por ella: un amor que nunca había sentido antes y que nunca pensó que llegaría a sentir; un amor completo que abarcaba el cuerpo, la mente y el alma. Palabras con las que buscaba hacerla sentir todo lo que él sentía y más. Palabras que le expresaban que era ella: era ella y punto. Palabras de amor. «Hay mucha gente que nunca encuentra esto; me cambiaste la vida; te amo completamente; sólo te falta un año; yo aguanto si significa que después podemos estar juntos; algo resolvemos; te prometo que vamos a estar bien; te extraño; extraño tu calor y tu risa y tu voz y tu presencia; puedo vivir sin ti, pero no quiero; puedo tener la vida sin ti, pero la prefiero contigo; mientras tanto, nos podemos escribir; te amo en palabras como te amo en persona; aún me queda tanto por escribirte; aún nos falta tiempo; te amo; te quiero conmigo; ven...».

«*Welcome To NORTH CAROLINA*», decía la señal a un lado de la calle. Nicolás la leyó en voz alta fingiendo en inglés un acento sureño. Se llenó de emoción: otro comienzo, otra vida. Sintió dicha. Pensó en cuánta gente nunca logra trabajar en lo que le gusta. Pensó en cuánto sacrificio había hecho su familia para que él pudiera vivir sus sueños. Pensó en cuánto había trabajado él mismo por esto. Pensó: «Sí, hice lo correcto». Y qué bella era Carolina del Norte, con sus amplias carreteras flanqueadas por pinos y su delicada luz que hacía parecer como si uno viera el mundo a través de una delgada cortina celeste. Nicolás tenía escrita en un papel la dirección de su nuevo apartamento en Greensboro. Sólo había visto el apartamento en fotos. Era un apartamentito en la planta baja de un edificio de seis pisos. Afuera del edificio, había unos metros cuadrados de hierba que seguramente se cubrirían de nieve al llegar el invierno. Por el momento, Nicolás tenía mucho que hacer. Tenía que llegar al apartamento para revisar y firmar el contrato de alquiler con el dueño de la propiedad. Tenía que inspeccionar a fondo el apartamento para cerciorarse de que todo funcionara bien. Tenía que vaciar el carro y organizar todo. También tenía que ver qué faltaba en el apartamento e ir a comprarlo. Finalmente, tenía que amueblar y decorar el apartamento para hacerlo sentir como un hogar.

Pero antes de ir a la dirección escrita en el papel para comenzar a hacer todo lo que tenía que hacer, Nicolás hizo una parada, la primera parada de su nueva vida. Fue a uno de esos enormes almacenes estadounidenses que venden de todo un poco. Compró una postal, un bolígrafo y dos vasos de vidrio.

San Pedro

El 15 de diciembre del año 2010, a las 2:12 de la madrugada, falleció Don Manuel.

Antes de morir, acostado en su cama, vio cómo lo rodeaban su esposa, sus dos hijos y sus tres nietos, todos llorando.

En el instante de su muerte, uno por uno, sus familiares se convirtieron en humo y desaparecieron. Don Manuel estaba solo. Luego, se esfumó su cómoda, con la gaveta y el espejo; también, su clóset, con su escasa y sencilla ropa. Don Manuel, descalzo, se levantó de la cama y se sorprendió, pues el suelo de mosaicos color piel no le transmitió ninguna temperatura. Se esfumó la cama. Enseguida, las paredes perdieron el color crema y se tiñeron de blanco. Don Manuel miró sus pies y, sonriendo, pensó en cuánto extrañaba poder levantarse de su cama sin ayuda. Mientras miraba hacia abajo, los mosaicos se esfumaron y fueron reemplazados por un suelo plano, blanco y nítido. «¿Y esto qué es?», pensó.

—¡Hola! —gritó Don Manuel con su fuerte acento gallego. Agregó su palabra inventada preferida, aquella que utilizaba con propósitos tan variados como para llamar la atención y expresar sorpresa—: ¡Wiwa!

—¿Qué quiere decir «wiwa»?

Don Manuel casi muere de nuevo por el susto que esta voz extraña le provocó. Se volteó y vio a un hombre viejo. El hombre vestía negros y gastados zapatos, holgados pantalones de vestir color gris y una guayabera blanca en cuyo bolsillo cargaba un bolígrafo de tinta azul y unos lentes fotocromáticos.

Además, tenía dos alas blancas que nacían desde el centro de su espalda y se extendían un poco más allá de cada hombro.

—¿Y tú quién eres? —dijo Don Manuel con algo de miedo envuelto en tono de sospecha.

—Yo soy San Pedro, Don Manuel.

Don Manuel comenzó a reír con su risa nerviosa de siempre, esa que le hacía rebotar los hombros y saltar el pecho, y que siempre iba acompañada de cierta carraspera, como si el reír lo forzase a limpiar su garganta de penas que se habían quedado atascadas ahí años atrás.

—Por favor —dijo Don Manuel con gran escepticismo, riendo—. ¿San Pedro? Je. Qué vaina. A ver, por favor. ¿Quién eres?

—Le digo que San Pedro, Don Manuel. He venido a buscarlo.

Al escuchar estas palabras, Don Manuel se dio cuenta de que había muerto. Supo de inmediato que ya no habitaba en la Tierra con la familia, el trabajo, el negocio, el televisor, la voz de Celia Cruz, los chistes de Tres Patines, las películas de Cantinflas, el bacalao a la gallega, su silla mecedora, la refrigeradora que cargó desde el carro hasta la cocina cuando aún tenía fuerza muscular.

—Oh —dijo Don Manuel, indefenso como un niño—. ¿Sí?

—Sí —dijo San Pedro y, dándole las condolencias a Don Manuel por su propia muerte, le puso la mano sobre el hombro—. Lo siento mucho.

—¿Qué siente, San Pedro? —preguntó Don Manuel, adolorido.

—Pues..., su muerte, Don Manuel.

—Lo que debería sentir —Don Manuel hizo una pausa—: ¡es que llegó tarde! —San Pedro pasó de la condolencia a la confusión. Don Manuel continuó—: Pero lo perdono. ¡Ya era hora! ¿Había tráfico, eh? De gente muriéndose. ¿Había tráfico? ¿Había fila? Uh, qué vaina, sí, siempre hay fila, mucha gente muerta. ¿Por eso se demoró? No pasa nada; para qué pelear. ¡Gracias, San Pedro!

Don Manuel abrazó a San Pedro, quien, totalmente confundido, correspondió al abrazo.

—¿No está triste, Don Manuel?

—¿Triste? Uh, por favor. La tristeza es para cuando se mueren otros, no uno. ¡Gracias por venir, San Pedro! Usted siempre ha sido mi santo —Don Manuel soltó el abrazo y le hizo a San Pedro una reverencia—. Es un honor. Gracias. Mire: Lo que usted ha hecho por mí, mi familia lo hará por usted.

San Pedro rio con modestia, halagado como un actor de teatro a quien le piden el autógrafo al terminar la función.

—Pues, Don Manuel —dijo—. El honor es mío. Me alegra que esté contento. Sé muy bien que desde su niñez ha sido fiel a mí, incluso cuando sus familiares y conocidos le decían que había mejores santos o, peor, que los santos no existían o, aún peor..., que Dios nuestro Señor no existía.

—¡Wiwa, San Pedro! ¡Qué honor! Gracias por venir. No sé si hay un dios o no, ¡uh!, con tanta cosa mala en el mundo; pero siempre supe que usted existía. Gracias.

San Pedro se acercó a Don Manuel y le habló en un susurro como un niño en la escuela contando un secreto:

—Mire, Don Manuel, yo a usted siempre lo he querido mucho. Y agradezco que siempre haya defendido mi existencia, en especial ante ese nieto suyo, ese, el menor, el que siempre dice que es ateo. La verdad, Don Manuel, usted puede creer o no creer como guste. ¡Hasta yo dudo de vez en cuando! Es decir, claro, Dios creó todo; pero ¿quién creó a Dios? Cada vez que le he hecho la pregunta directamente a Dios, se molesta y crea otro planeta. Y después dice que «no tenemos el personal celestial para cuidar tanto planeta»; pues claro, ¡si sigue creando planetas y se niega a contratar más ángeles! Pero... ese no es el punto. El punto es que hasta que termine nuestro día juntos, Don Manuel, le pido que no ponga en duda la existencia de Dios nuestro Señor, mucho menos en voz alta. Si realmente necesita comunicarme una duda, le pido que lo haga en voz muy baja, ya que nuestro Señor es un ser anciano y su oído no es el mismo de antes. Hágame caso; así no retrasamos el proceso. Ahora me apartaré y usted me dirá en voz alta cuánto cree en nuestro Señor y cuánto lo ama; no importa que no esté seguro; vamos; véndamelo.

San Pedro se apartó de Don Manuel, quien, con una sonrisa que revelaba la dentadura y escondía los nervios, afirmó como un mal mentiroso:

—San Pedro, mi paisano. ¡Uh! Yo lo estaba molestando. ¡Sólo hay un Dios! ¡Yo creo en Él! ¡Yo confío en Él! ¡Yo lo amo! —Don Manuel miró hacia arriba y, abriendo bien los ojos al descubrir la infinidad blanca que lo rodeaba, agregó—: ¡Gracias..., Dios!

—Un poco exagerado —susurró San Pedro—. Agradezca una vez más. Que sea creíble.

—Gracias, Dios —dijo Don Manuel con gravedad bien fingida.

—Perfecto —susurró San Pedro. Luego alzó la voz—: ¡Así es, Don Manuel! Es usted un cristiano fiel. ¡Gracias por amar a Dios! Vengo en nombre de nuestro Señor para ingresarlo a usted, Don Manuel, en el Reino de los Cielos..., si aprobamos su solicitud, claro está. No se preocupe. El que yo esté aquí significa que usted es un gran candidato, así que confío plenamente en que logrará unirse a nosotros en el Paraíso.

—¿O sea que no voy al infierno?

—¡Don Manuel! —exclamó San Pedro, indignado—. No diga esa palabra. ¿Cómo se le ocurre? No, no irá a ese lugar; si fuese el caso, ya estaría allí.

—Qué suerte —dijo Don Manuel con alivio que se transformó en curiosidad—: ¿Y Franco?

—¿Qué?

—Francisco Franco. El dictador. ¿Dónde está él?

—No tengo la autorización para responder a esa pregunta, Don Manuel.

—San Pedro, por favor —dijo Don Manuel con carisma de negociante—. Dígame algo, se lo pido. No soy más que un pobre inmigrante y ahora estoy muerto. Soy un hombre de Dios, un creyente. Ayúdeme.

—Pues, Don Manuel —dijo San Pedro rindiéndose como

un abuelo ante las demandas de su nieto preferido—. Digamos que el señor Franco... no está en el Paraíso.

—¡Uh! —exclamó Don Manuel con alegría—. Qué bueno. Uh, era malo ese tipo, más malo que las tarjetas de crédito. Y... ¿el gallego que me robó? Ese, el que me quitó todo cuando yo iba pasando café de Portugal a Galicia. ¿Él también?

—Don Manuel, me está poniendo en una situación muy incómoda; no debo comentar sobre estos temas..., pero sí. Él también.

—¡Uh! Bien merecido. A veces lo peor que hay son los paisanos de uno; acuérdese de eso.

—Lo recordaré, Don Manuel —dijo San Pedro con una sonrisa que revelaba el afecto que ya sentía por este difunto con tan singular personalidad—. ¿Listo?

—Llevo meses listo. Sin poder trabajar ni caminar. ¿Usted qué cree? Claro que listo. Vámonos ya.

San Pedro asintió e hizo un chasquido de dedos que reverberó por los siglos de los siglos. Instantáneamente, se materializó un ascensor plateado. Las puertas del ascensor se abrieron. Una voz incorpórea y profunda dijo: «Piso 1. Sala de espera».

—Pase usted —dijo San Pedro invitando con un gesto de la mano a Don Manuel para que entrara en el ascensor. Este entró y San Pedro le siguió.

—Pensé que eran escaleras —dijo Don Manuel.

—¿Disculpe?

—Sí... Pensé que en el más allá había escaleras que uno subía hasta llegar a las puertas del Cielo.

—¡No, Don Manuel! Lo pasado, pisado. Esas escaleras las
quitamos hace cinco o seis siglos. Demasiada gente se tropeza-
ba subiendo; se caían y terminaban rodando cuesta abajo hasta
el lugar que no debemos nombrar. Ya era hora de modernizar-
nos. Lo mismo con las alas —San Pedro indicó sus alas con un
ademán—. Luego de un accidente aéreo que involucró a doce
ángeles, que en paz sigan descansando, ahora sólo los emplea-
dos que trabajamos tiempo completo en el Paraíso tenemos
alas... y ya no sirven para volar, son sólo parte del uniforme
oficial.

Las puertas se cerraron. El panel de control del ascensor
metálico mostraba tres botones alineados verticalmente: el
de más arriba estaba marcado con el número «2» y tenía una
inscripción que decía, en letras blancas, «Reino de los Cielos y
Paraíso Infinito»; el del medio estaba marcado con el número
«1» y tenía una inscripción que decía, en letras azules, «Sala
de espera»; y el de más abajo estaba marcado con el número «-666» y tenía una inscripción que decía, en letras rojas,
«Aquel lugar que no debemos nombrar. Sólo presione este botón en caso de urgencia o demonios».

San Pedro presionó el botón «2» y la voz incorpórea dijo:
«Piso 2: Reino de los Cielos y Paraíso Infinito».

—Esa voz profunda—dijo Don Manuel—. ¿Es Dios?

—¡Don Manuel! Claro que no. Dios no tiene tiempo ni espacio para trabajar en el ascensor. Es la voz de Sam, un alma
noble. Le cuento que antes de Sam, la voz del ascensor era el

señor Andrea Bocelli; pero él era demasiado costoso. Como no era un difunto, le teníamos que pagar regalías exorbitantes. Estamos esperando a que muera y entre al Paraíso para poder usar su voz sin pagar.

—Je je —Don Manuel se rio—. Andrea Bocelli. Buen negocio. Y bonita voz.

—Así es, Don Manuel. Pues... ¡Arriba!

El ascensor comenzó a subir. Ambos hombres, uno al lado del otro, inmóviles, escuchaban la eterna melodía de Beethoven, «Oda a la alegría», la cual emanaba de las bocinas del ascensor.

—Bonita música —comentó Don Manuel para mitigar un poco la incomodidad inherente a todos los viajes de ascensor.

—Así es —respondió San Pedro—. Es de las mejores que ha creado la humanidad —hubo una larga pausa. San Pedro se incomodó y agregó—: Es mi preferida del señor Beethoven. Muy hermosa. De todos los compositores que tenemos en el Paraíso, él es mi favorito. No le diga esto al señor Mozart.

El ascensor se detuvo y las puertas se abrieron. Cuando Don Manuel se alistaba para salir del ascensor, este se esfumó, así que ambos hombres permanecieron parados en el mismo lugar. «Bienvenidos al Piso 2: Reino de los Cielos y Paraíso Infinito», dijo la voz de Sam. Don Manuel se volvió a sorprender por la profundidad de la voz, aunque se sorprendió aún más por lo que presenciaba en la blanca infinidad.

A su derecha, veía una piscina interminable con incontables personas nadando y riendo. Las personas estaban todas vestidas de blanco y el agua no parecía mojarlas. Un hombre caminaba sobre el agua de la piscina.

—Ese es Jesús —dijo San Pedro—. A la gente le encanta cuando hace eso. Tiene que verlo cuando hace volteretas sobre el agua. ¡Es increíble!

A su izquierda, Don Manuel veía y oía hermosas mujeres cantando armonías divinas y bailando *ballet*. Percibía con su olfato el olor a pan dulce con canela. Con la vista al frente, veía grupos de alegres difuntos rezando, múltiples procesiones sagradas y gentiles ángeles con alas obsoletas recorriendo el Paraíso a pie. Don Manuel veía también, en la lejanía, un glorioso escenario sobre el cual talentosos actores interpretaban lo que parecía ser una versión especial de la resurrección de Cristo.

—Es mi obra favorita —declaró San Pedro con repentinas lágrimas en sus ojos—. Espero que usted logre ver a Jesús interpretando el papel de Jesús. ¡Es increíble!

—Je je —Don Manuel rio nerviosamente, un poco abrumado por el entorno y extrañado por las lágrimas de San Pedro.

Entre Don Manuel y todo lo que percibía, comenzaron a materializarse unas enormes puertas con rejas de oro, perla y cristal. Cerca de los dos hombres, se materializó también una oficinita con cuatro paredes de yeso.

—¿Esas son las famosas puertas celestiales de San Pedro? —preguntó Don Manuel.

—Sí y no, Don Manuel. Las llaman así porque yo fui quien las construyó hace unos milenios; no recuerdo el siglo exacto. Pienso que me quedaron muy hermosas, me siento orgulloso de mi trabajo. Pero desde que Dios me concedió un ascenso, ya no trabajo en las puertas; ahora trabajo en esa pequeña oficina que ve usted. Mi reemplazo en la puerta es Carlitos, un chico que murió joven en un trágico robo a mano armada. Él era el ladrón. Por suerte, rezaba mucho. ¡Hola, Carlitos!

Desde las gloriosas puertas, a unos veinte metros de donde estaban Don Manuel y San Pedro, un chico beatífico alzó la mano. Tenía camiseta y pantalones blancos; el tatuaje de una cruz le cubría el antebrazo. El chico alzó la voz:

—¡San Pedro! ¡Saludos, jefe!

—¡Feliz día, Carlitos! Ya te lo he pedido: Por favor no me llames «jefe». Sólo llámame «santo».

—¡Sí, jefe santo!

San Pedro le sonrió a Carlitos y luego le susurró a Don Manuel:

—Es casi un ángel el chico, aunque haya cometido errores en vida; pero no es ningún Einstein. Créame, yo conozco a Einstein y a menudo conversamos; él está aquí en el Cielo. Le cuento que casi no logra entrar por haber contribuido a que la humanidad creara la bomba nuclear. ¡Pero hay que perdonar! En fin, Don Manuel. Sígame.

Don Manuel y San Pedro caminaron hacia la oficinita que colindaba con las gloriosas puertas. San Pedro sacó unas tintineantes llaves del bolsillo del pantalón y desatrancó la puerta de madera. Ambos entraron. El interior de la oficinita era gris. San Pedro trancó la puerta desde adentro y guardó las llaves en el bolsillo. Don Manuel se sentó en una silla plateada al frente de la cual había un escritorio y luego otra silla idéntica. Le vino a la memoria estar en Galicia cuando lo mandaron a la oficina del director de la escuela, en segundo grado, porque se rumoraba que le estaba vendiendo a sus compañeros de clases café de contrabando. San Pedro se aseguró de que la puerta de la oficinita estuviera bien trancada. Hizo el gesto de ir a sentarse, pero volvió a la puerta una vez más para cerciorarse de que estuviera trancada. Una tercera vez, intentó girar la manilla de la puerta y volvió a confirmar que sí estaba trancada.

—¿Todo bien, San Pedro? —preguntó Don Manuel.

—Sí, Don Manuel, gracias. Le llaman trastorno obsesivo-compulsivo. Eso me dijeron Dios y también el señor Carl Jung, mi psicólogo de cabecera. No es nada serio, pero me tengo que cerciorar tres veces de que las puertas queden bien trancadas. ¡Comencemos!

San Pedro se sentó en la silla detrás del escritorio. Abrió una gaveta. «A ver... Qué tenemos por aquí... Dónde está...», decía para sí mientras registraba la gaveta. «¡Ajá! Aquí está», exclamó. Tomó un cartapacio celeste y cerró la gaveta. La portada del cartapacio tenía una inscripción: «Formularios de solicitud para ingresar al Reino de los Cielos y Paraíso Infinito – Don Manuel».

—Don Manuel —dijo San Pedro—, le cuento cómo funciona el proceso. Es muy sencillo. Para efectuar su solicitud al Reino y Paraíso, yo, como gerente ejecutivo de admisiones, debo completar tres formularios, con su ayuda, claro está. Y sí, fue este mi ascenso; antes era gerente general y trabajaba en las puertas; ahora soy ejecutivo, tengo mi propia oficina y recibí un aumento salarial más un bono divino. ¡El que persevera, alcanza! Como decía...: tres formularios. Tenemos el formulario del pasado, el formulario del presente y el formulario del futuro. Una vez completemos estos, sólo harían falta su firma y una foto tamaño carné, pero no se preocupe ni por la firma ni por la foto; ya tenemos ambas en nuestros registros.

—Bueno, bueno —dijo Don Manuel—. A trabajar.

—¡Así me gusta! Comenzamos con el formulario del pasado —dijo San Pedro. Sacó una hoja del cartapacio, achicó los ojos, se puso los lentes que colgaban del bolsillo de la guayabera y agregó—: Este formulario es muy sencillo, Don Manuel. Sólo tiene una pregunta.

San Pedro guardó silencio. Don Manuel sintió impaciencia:

—Bueno, bueno —dijo—. A ver.

—Sí, Don Manuel. La pregunta es la siguiente y le pido que responda con veracidad: ¿Alguna vez en su vida le faltó el respeto a Dios nuestro Señor?

—¡Uh! —exclamó Don Manuel y rio con su risa nerviosa—. ¿Yo?

—Sí, Don Manuel. Usted. Vamos. Sólo dígame la verdad.

—Bueno —Don Manuel carraspeó—, je, no sé qué quiere decir con faltar el respeto, je.

—Don Manuel. Usted sabe muy bien a lo que me refiero.

—Uh, bueno, una vez, je. Una vez le falté el respeto. Creo, je. No sé. No recuerdo bien. Sí..., una vez.

—Gracias, Don Manuel. En cuanto a los detalles...: ¿Quiere agregar algo?

—No recuerdo, je... je.

—Entiendo. Permítame refrescarle la memoria.

San Pedro hizo otro chasquido y, súbitamente, ambos hombres estaban sentados en sillas de madera frente a una vieja iglesia colonial en La Habana, Cuba. El sol tropical les iluminaba el rostro y la brisa del mar les limpiaba la respiración mientras la voz de Celia Cruz emanaba de una lejana radio y coloreaba el aire.

—¿Ya recuerda, Don Manuel? —preguntó San Pedro con tono burlesco e inocente.

—Je... ¿Qué es esto? ¿Qué hacemos aquí?

—Recordando, Don Manuel —San Pedro sonrió como un niño que le hace una sana broma a su mejor amigo.

El santo y el difunto vieron a un muchacho que parecía de dieciocho años, aunque sólo tenía dieciséis. El muchacho caminaba sospechosamente hacia la iglesia. Su piel bronceada era prueba de los años que llevaba trabajando en las calles de La Habana. Portaba una remera blanca sin mangas, pantalones marrones cortos y unas chancletas avejentadas. Tenía el cabello negro y sus vitales ojos café brillaban con picardía.

—¡Wiwa! —exclamó Don Manuel—. ¡Ese soy yo! ¿Qué es esto? —preguntó, incrédulo.

—Esto, Don Manuel..., es evidencia —San Pedro no podía contener el deleite. Agregó—: Disfrute y no se preocupe, que nadie nos puede ver.

El muchacho se detuvo frente a la imponente fachada de

la iglesia. Luego, el santo y el difunto vieron a una muchacha caminando sigilosamente. Estaba vestida de monja, pero su juventud trascendía su vestimenta. Su piel era blanca; sus ojos, verdes; sus movimientos, instintivos.

—Je —soltó Don Manuel—. Analida.

La monja se topó con el muchacho frente a la iglesia. Ambos miraron en derredor y confirmaron que no había testigos. Se tomaron de la mano.

—Ya eso es una herejía —dijo San Pedro con una sonrisa. Don Manuel comenzó a llenarse de ansiedad.

El muchacho y la monja volvieron a mirar en derredor. Enseguida, se dieron un beso en los labios que duró un momento.

—Conozco santos que jamás perdonarían esto —dijo el alegre San Pedro. Don Manuel, lleno de vergüenza, sentía que volvía a morir.

El muchacho abrió las puertas de la iglesia. La monja entró primero. El muchacho la siguió. Las puertas se cerraron. El muchacho y la monja desaparecieron dentro de la estructura gótica.

Entre el santo y el difunto, hubo un silencio sepulcral; sólo se escuchaban las olas saladas que rompían en el malecón cubano. San Pedro apretaba los labios para no reírse y miraba fijamente a Don Manuel, quien carraspeaba y miraba todo, menos a San Pedro. El santo rompió el silencio con otro chasquido y ambos hombres volvieron a las sillas plateadas en la oficinita celestial. Don Manuel parecía un niño regañado y San Pedro, su benevolente padre.

—Don Manuel... ¿Tiene algo que contarme?

—Je —Don Manuel carraspeó—. A ver, San Pedro. ¿Qué le puedo decir? Yo siempre he creído en usted. Lo que pasó fue una sola vez, je. Yo tenía, uh, apenas dieciséis años. Ya había salido de España por la Guerra Civil; me fui en un barco, «Marqués de Comillas» se llamaba el barco. Y, bueno, llegué a Cuba. Había que trabajar para comer, así que trabajé vendiendo pinturas en la calle. Pero siempre he dicho que se necesita un cura en cada familia y pensé, uh, ¿por qué no volverme cura? Así que en La Habana me metí a un curso para ser cura. Y yo sí quería ser cura. El problema es que había una mujer. ¡Uh! Usted la vio. Analida. Guapa, guapa, guapa. Una cubana que quería ser monja. Nos conocimos en la iglesia. Uh, esto fue hace mucho tiempo, je. Nos metimos en un cuartito de la iglesia y, je, usted ya sabe qué pasó, je, pasó, je, je, muy guapa la cubana, muy buena gente, muy trabajadora.

—Don Manuel —dijo San Pedro—. Quiero asegurarme de que lo entendí bien. Durante sus estudios para convertirse en un representante de Dios nuestro Señor..., usted... ¿fornicó con una monja?

—¡Uh! Si lo dice así..., suena malo. Yo era un creyente de usted, San Pedro, siempre lo fui. Pero... sí, sí, eso fue lo que pasó; así me di cuenta de que yo no servía para ser cura. Le convenía al Señor Dios que yo no fuera cura; hubiera sido un desastre. Así que estando con Analida le hice un gran favor al Señor.

—En eso, Don Manuel, estamos de acuerdo. Mire: usted me cae muy bien. Yo puedo... omitir... el informe de su... incidente con la monja. Sólo prométame una cosa: que si usted entra al

Cielo, no intentará volver a hacer lo que hizo. La monja Analida está aquí en el Reino y Paraíso, y vive muy bien en la castidad. No haga que Dios nuestro Señor los castigue a los dos.

—¡Uh! —Don Manuel soltó una risa de alivio—. Se lo prometo, San Pedro. Promesa. Gracias. Tiene mi palabra.

Don Manuel y San Pedro compartieron un apretón de manos, dos cómplices en un crimen inofensivo. San Pedro se sonrió y sacó un sello del bolsillo del pantalón. Estampó con el sello el formulario del pasado: «Aprobado – San Pedro». Guardó el sello en el bolsillo y la prueba dentro del cartapacio. Sacó otra hoja.

—Vamos avanzando, Don Manuel. Ahora comencemos con el formulario del presente. Primero, necesito hacerle algunas preguntas sobre su estado actual.

—Bueno, bueno, a ver. Esto demora mucho.

—Ya casi, Don Manuel; tenga paciencia. Primera pregunta: ¿Estado civil?

—Casado..., creo.

San Pedro tomó el bolígrafo de tinta azul que colgaba del bolsillo de la guayabera y escribió sobre la hoja, murmurando mientras escribía: «Casado..., creo». Continuó con la siguiente pregunta:

—¿Nivel de educación?

—El que estudia pierde el tiempo y el que trabaja pierde la plata. Yo perdí más plata que tiempo.

—Listo, Don Manuel —dijo San Pedro y anotó la respuesta en la hoja. Continuó—: ¿Siente algún resentimiento en cuanto a las circunstancias de su muerte?

—Sí, que usted llegó tarde; pero ya se lo dije.

—Perfecto —San Pedro anotó la respuesta en la hoja—. Por último, cuénteme: ¿Por qué cree usted que debemos admitirlo en el Reino y Paraíso?

—Eh, je —Don Manuel titubeó como un joven en su primera entrevista de trabajo—..., bueno, porque, je, yo soy... trabajador; siempre llego temprano; no jodo a nadie. Uh..., porque tengo mucha experiencia; soy buen negociante y, je —Don Manuel sonrió con carisma—..., bueno...: porque soy un fiel creyente suyo, San Pedro.

—Muy buenas razones, Don Manuel, en especial esa última —dijo San Pedro. Agregó con humor—: Pero no crea que al Reino y Paraíso se entra sólo con halagos.

—Je, está bueno eso, je, uh.

—Listo —dijo San Pedro e hizo unos últimos apuntes. Volvió a guardar el bolígrafo en el bolsillo de la guayabera—. Eso completa el formulario del presente. Normalmente, también haríamos un viaje sobrenatural para presenciar cómo están, hoy día, las personas cuyas vidas usted impactó. Desafortunadamente, en este momento, no nos alcanza el dinero. Cerramos los libros contables del mes de noviembre con resultados muy por debajo de nuestro pronóstico; recibimos muy pocas donaciones; no sólo eso, sino que estamos perdiendo muchos creyentes terrenales y tendremos que invertir más dinero en campañas de mercadeo. Mis disculpas, Don Manuel. Sólo cierre los ojos, visualice cómo cree que estén las personas que usted trató e imagine que hicimos el viaje sobrenatural. Nos gastamos lo que nos quedaba del presupuesto diario en el viaje que acabamos de hacer a la Cuba del año 1943. Disculpe. Sé que usted entiende.

—Je, sí, claro —dijo Don Manuel sin entender nada de lo que San Pedro había dicho de viajes sobrenaturales y demás.

San Pedro asintió, sacó el sello y estampó el formulario del presente: «Aprobado – San Pedro». Guardó el sello en el bolsillo y la prueba en el cartapacio. Sacó una última hoja.

—Para terminar, Don Manuel, el formulario del futuro. Consiste en sólo una simple pregunta abierta: ¿Qué quiere para el futuro?

Don Manuel miró a San Pedro con solemnidad; luego, sonrió y respondió:

—Plata, San Pedro. Quiero plata —San Pedro rio. Don Manuel agregó—: La cosa está difícil. Deme plata.

—Me ha hecho reír, Don Manuel, pero no le puedo aceptar esa respuesta. Llevo mucho tiempo en el Cielo y sé muy bien cuando alguien me está mintiendo. Sea lo que sea, por favor, le pido que me diga la verdad: ¿Qué quiere para el futuro?

Don Manuel soltó su risa nerviosa; la risa era su mecanismo de defensa, ese brillante escudo que lo protegía de la ternura, del amor, de la tristeza, de la nostalgia y de todas las demás emociones humanas que lo atacaban con frecuencia, pero que él temía sentir.

—Je, bueno, yo quisiera que, a ver, a ver —Don Manuel carraspeó y rio. Sus ojos dejaron entrever lágrimas escondidas—. Uh, qué vaina, a ver, je... Yo quisiera... trabajar.

—Sí, Don Manuel —dijo San Pedro—. Eso lo sé. Pero hay algo más. Por favor, confíe en mí. Cuénteme.

—A ver, a ver, bueno. ¡Je! Usted es difícil, San Pedro —el santo sonrió. Don Manuel inhaló sonoramente por la nariz como temiendo que saliesen por sus fosas nasales las emociones que se derretían en su pecho—. Yo sólo quiero que, je, uh, qué vaina..., que mis hijos y mis nietos tengan todo lo que yo nunca tuve; ya, eso es, a ver, ¿terminamos?, ¿cuánto falta? Vámonos.

—Ya casi, Don Manuel. Sí necesito que... me cuente más sobre lo que quisiera para sus hijos y nietos. Le prometo que con esto terminamos.

—¡Uh! —Don Manuel exclamó riendo—. Yo lo respeto mucho, San Pedro; pero usted es, uh, je —carraspeó y se llevó la mano a la cara. Sintió agua cálida debajo del párpado inferior de sus ojos, algo que no había sentido desde su niñez—. A ver. Yo no terminé la escuela. Ni siquiera la primaria. Y me gustaba; me gustaban las matemáticas, pero sólo pude aprender a sumar y restar. Después, comenzó la Guerra Civil. Aprendí a multiplicar y a dividir yo solo, años después, lejos de España; pero me hubiera gustado aprender con amigos y maestros. Quiero que mis hijos y mis nietos puedan estudiar. Que tengan todas las oportunidades que yo no tuve. Quiero que..., je —Don Manuel inhaló sus emociones fugitivas—. Quiero que tengan comida, buena comida. En la aldea en Galicia, cuando yo era niño, todos éramos pobres, uh. Mi mamá traía a nuestra casita de piedra un pedazo de pan y nos lo dividíamos entre toda la familia, esa era la cena. Cuando comenzó la Guerra, ni pan había; nadie salía de la casita por miedo a que nos cayera una bomba. Cuando salí de España para ir a Cuba, me fui en un barco de vapor: el «Marqués de Comillas» del que le hablé. En el barco había café y galletas, y ya. Un valenciano se murió de hambre; fueron tres o cuatro meses en el mar, no estoy seguro; pero sí recuerdo que él murió al segundo mes. Yo no, porque ya estaba acostumbrado a pasar hambre. Yo cerraba los ojos y me imaginaba un bacalao a la gallega con papas, y con la mente me llenaba el estómago. Todo es mente, San Pedro. Cuando llegué a Cuba, comencé a trabajar en la calle para poder comer. Comía mucho dulce y tomaba mucha soda porque era lo más barato; muy buena gente la de Cuba; mujeres muy trabajadoras, guapas y buenas, como Analida, je, la monja... Tuve que trabajar mucho rato para poder comprar mi primer plato de buena comida. De ahí en adelante, siempre comí sano, poco pero siempre sano. Por eso usted se demoró noventa y pico años en buscarme, San Pedro, je, porque yo comía sano. Hay que comer sano para cuidar la salud. La salud siempre va primero. Así que... quiero que mis hijos y mis nietos tengan qué comer. Y quiero —Don Manuel pierde la voz por un instante. Se reincorpora—: quiero que los quieran y que quieran. Uh. Yo comencé a trabajar a los seis años. Nunca tuve tanto tiempo en familia, ni abrazos, ni besos, ni nada de eso. No tuve juguetes, ni pude jugar en la escuela. Tuve que crecer muy rápido. Yo mismo hice mi vida. Yo, San Pedro. Si fuera por la vida, si fuera por Dios, me hubiera quedado en Galicia tirando machete y me hubieran matado en la Guerra. Yo mismo resolví. Yo mismo salí de España y ayudé a mis hermanos. Yo mismo trabajé. Nada de tragos, sólo una cerveza cada Navidad. Nada de drogas, nunca. Mucho trabajo. Siempre apoyé como pude a mis hijos y a mis nietos. Siempre. Traté de darles lo que a mí la vida no me dio, lo que yo tuve que quitarle a la vida. Pero... no sé si los quise como yo quería. No sé si pude. No sé si sabía cómo. No sabía qué decirles, qué hacer. Quiero que los quieran y quiero que quieran, porque yo sí los quise.

Don Manuel, casi moqueando, inhaló con fuerza y parpadeó con rapidez para no llorar.

—Gracias, Don Manuel —dijo San Pedro. Se quitó los lentes y los guardó de vuelta en el bolsillo de la guayabera—. Gracias por compartir eso. ¡Aprobado! —San Pedro, con lágrimas en los ojos, estampó la hoja con su sello de aprobación; una de las lágrimas cayó sobre la hoja y se fundió con el papel. San Pedro inspeccionó el sello—: Ya está gastado —dijo. Lanzó el sello y, mientras este se desplazaba en el aire, se materializó en una esquina de la oficinita un tinaco; el sello cayó dentro del milagroso tinaco. San Pedro se levantó, alzó los brazos como un atleta que gana un campeonato y alzó la voz—: ¡Vamos! ¡Claro que sí! ¡Amén! Qué va, Don Manuel. Pasarán los siglos, pero jamás mi puntería. ¡Así! ¡Grande! ¡Amén! Ah, sí..., Don Manuel: ¡Bienvenido al Reino de los Cielos y Paraíso Infinito!

Don Manuel se levantó para darle la mano a San Pedro, pero este lo abrazó con fuerza.

—Je, uh, qué vaina —dijo Don Manuel, incómodo.

—¡Felicidades, Don Manuel! Usted se lo merece. Bienvenido.

—Gracias, je, gracias. A ver, ya está bueno. Suélteme.

—Ah, sí, claro —dijo San Pedro. Soltó el abrazo.

—Gracias —dijo Don Manuel, aliviado.

—Claro, Don Manuel, discúlpeme. Mire..., quiero hacerle una pregunta; pero ¿por qué mejor no salimos de aquí? Así tomamos un poco de aire celestial fresco.

—Sí, sí, vamos ya —Don Manuel dio unos pasos hacia la puerta trancada y se alegró al recordar que en el Reino y Paraíso tenía la fuerza para caminar, la misma fuerza que tuvo durante casi toda su vida en la Tierra.

San Pedro sacó del bolsillo las tintineantes llaves y abrió la puerta. Ambos hombres salieron de la oficinita y entraron en el infinito espacio blanco, claro y puro. San Pedro trancó la puerta y se aseguró, tres veces, de que de hecho la había trancado. Volvió a guardar las llaves.

—¡Hola, jefecito! —exclamó Carlitos desde el extremo lejano de las puertas celestiales—. ¡Espero que les haya ido bien! ¡Todo en orden por acá!

—¡Gracias, Carlitos! —respondió San Pedro—. Y, por favor, no me llames...

San Pedro se detuvo y pensó si valía o no la pena repetir lo que llevaba siglos repitiendo.

—¿Que no lo llame cuándo, jefe? —preguntó Carlitos—. ¿Se va de vacaciones? ¿Está enfermo? ¿Qué le pasó? ¿Todo bien, jefe?

—Olvídalo..., Carlitos —dijo San Pedro.

—¡Sí, jefe!

Don Manuel, quien había estado riendo durante todo el intercambio, le susurró a San Pedro:

—No tiene cabeza el muchacho. Uh. Bruto. ¡Uh!

—Don Manuel, que Dios me perdone, pero tiene usted toda la razón. Carlitos es un buen muchacho..., pero sin duda es bruto. Brutísimo. Es de los difuntos más brutos que tenemos aquí. Y créame: así como tenemos genios, tenemos muchos brutos. Muchos... brutos. Carlitos les hace competencia a todos. Un ángel amigo mío siempre dice que a Carlitos no le falta una neurona, sino que sólo tiene una. Le llama «Carlitos el mononeurónico». Discúlpeme... No debí haber dicho eso. Me dejé llevar. Hoy le pediré perdón a Dios.

—¡Wiwa!

—Don Manuel... La pregunta que quería hacerle es la siguiente: ¿Quiere usted estar aquí?

Don Manuel se rio y dijo:

—¿Cómo así? Je. No quiero ir al infier...

—¡No! —exclamó San Pedro—. Quiero decir, no; no diga esa palabra; no la diga, por favor, no; se lo imploro. Y no. Ni siquiera lo piense. Se lo pregunto porque... en el Reino y Paraíso, Don Manuel..., no trabajamos. Mire —San Pedro hizo un gesto para que Don Manuel mirara más allá de las puertas celestiales; este vio ángeles caminando, gente bañándose en la eterna piscina y otro glorioso escenario sobre el cual talentosos actores interpretaban otra versión especial de la resurrección de Cristo, esta vez con el papel de Jesús siendo interpretado por

Jesús—. ¡Dios mío! ¡Jesús! ¡Jesús! ¡Qué gran actor! —exclamó San Pedro. Tosió y se reincorporó—. Como le decía, Don Manuel...: Aquí no trabajamos. No hace falta trabajar. Claro, tenemos títulos y salarios y todo eso; pero, en la práctica, no hacemos mucho. La mayor parte del tiempo, sólo somos, sólo existimos, sólo disfrutamos de este regalo eterno que nos ha otorgado nuestro Dios misericordioso. No sé si usted sea feliz aquí, Don Manuel, es eso lo que intento decir. Usted es un trabajador. Además, aunque nos encantaría tenerlo aquí, pienso que hay otros quienes apreciarían aún más su presencia.

—Je, sí, ¡wiwa! Bonito el Cielo, je, pero son un poco flojos, je, no se trabaja mucho, je. A ver... ¿Quiénes? ¿Qué presencia? No le entiendo. A ver.

—Pues, Don Manuel, su familia. Sus hijos, sus nietos. Verá, muchos cristianos responden a la prueba del futuro con qué quisieran hacer ellos en el Paraíso. Dicen a quién quisieran conocer, dicen qué quisieran ver; algunos incluso me han dicho que quisieran sentir placeres carnales en el Cielo. ¡Imagínese eso! ¡Vea usted cómo está la sociedad terrenal en este siglo! En fin..., muchos cristianos mueren y llegan aquí pensando en ellos mismos. Pero usted, Don Manuel, usted es diferente, al igual que otros grandes cristianos que lo han precedido. Usted, incluso en una oficina justo a un lado de las puertas celestiales, usted piensa en su familia. Y eso, Don Manuel, es especial. Para cristianos como usted, ofrecemos una opción que quisiera proponerle: No vivirá eternamente en el Reino y Paraíso. No lo vestiremos de blanco, ni lo contrataremos como actor en nuestras divinas obras teatrales, ni lo inscribiremos en clases de caminata sobre el agua. En lugar de esto, su esencia viajará de regreso a la Tierra para fundirse con la esencia de quienes usted amó y sigue amando. De esta forma, su esencia vivirá dentro de ellos; así, usted podrá seguir trabajando para siempre, por ellos, desde ellos y a través de ellos. Claro que ellos no tendrían consciencia de esto. Ya lo hemos conversado con Dios y, por temas de privacidad y para evitar cualquier litigio, preferimos que todo sea muy misterioso. Pero aunque no lo sepan, Don Manuel, será usted quien los ayudará desde lo más profundo de sus esencias para que ellos puedan lograr tener lo que usted nunca tuvo. ¿Qué le parece?

—Wiwa..., bueno. Gracias, San Pedro. Gracias. Y, je, a ver. Y... para vivir en la esencia de mis hijos y nietos..., eh...

—¿Sí, Don Manuel?

—¿Tengo que pagar algo? —preguntó Don Manuel, preocupado—. ¿Hay alguna tasa de alquiler de esencias o algo así? ¿Le debo algo? A mí no me gustan las deudas, San Pedro, pero le prometo que no tengo nada; el poco dinero en efectivo que tenía en mi billetera, lo perdí cuando usted me vino a buscar.

San Pedro sonrió sabiendo que la pregunta de Don Manuel era genuina.

—Usted no cambia, Don Manuel —dijo—. No, no tiene que pagar nada, y no, no me debe nada.

—Bueno, San Pedro —dijo Don Manuel con alivio—. Entonces..., le pago dándole las gracias..., por todo —Don Manuel carraspeó y sonrió con picardía—. Acuérdese: Lo que usted ha hecho por mí, mi familia lo hará por usted.

—Ha sido un honor —dijo San Pedro. Le dio la mano a Don

Manuel—. Gracias a usted. Aquí lo queremos mucho; pero sé que allá lo quieren aún más. Cuídese.

—Bueno, bueno —dijo Don Manuel, esforzándose para no llorar—. Se le quiere, San Pedro. Je. Siga haciendo su trabajo, que lo hace muy bien.

—Gracias, Don Manuel. Eso significa mucho viniendo de usted. Buen viaje.

San Pedro hizo otro chasquido más. Frente a los dos hombres, reapareció el ascensor y abrió sus puertas. Dentro del mismo, había un perro grande con rasgos atigrados y mirada noble. El perro estaba parado en sus cuatro patas, llorando.

—Wiwa —dijo Don Manuel, confundido—... ¿Esto qué es?

—Sam, Sam, no llores; todo estará bien —dijo San Pedro consolando al perro. Luego, se dirigió a Don Manuel—: Don Manuel, le presento a Sam; Sam, te presento a Don Manuel.

—Mucho gusto —dijo el triste perro Sam con la voz más profunda que jamás había resonado en el Cielo.

—¿Sam? ¿La voz del ascensor? —preguntó Don Manuel.

—Sí —respondió el perro Sam con una voz que hizo vibrar a las puertas celestiales.

—Sí, Don Manuel —San Pedro intervino—. Este es Sam. En realidad, Sam es su apodo; su nombre completo es Samuel. Qué milagro de voz, ¿no? ¡El Señor sí que trabaja en formas misteriosas! Como Sam era mudo en la Tierra y nunca pudo ladrar, el Señor le otorgó una magistral voz para que en el Cielo pudiese hablar. ¡Justicia divina!

—Je —Don Manuel carraspeó—. No sabía que en el Cielo había animales.

—¿Qué? —preguntó el perro Sam. Don Manuel percibía que la voz se tornaba cada vez más profunda.

—Nada, nada. Je.

—Disculpe que esté llorando, Don Manuel —dijo el perro Sam con su enorme voz—. Le juro que soy un profesional. Es sólo que cada vez que alguien toma el camino de las esencias, no sé, me toca el alma y, como aquí sólo soy alma, no sé, me conmuevo muchísimo. ¡Cuídese! —las vibraciones de esta última palabra casi derrumban la oficinita, lo cual asustó a San Pedro.

Sam se desvaneció. Don Manuel, mirando de reojo a San Pedro, caminó hasta entrar en el ascensor vacío cuyas puertas permanecían abiertas. En el panel de control del ascensor, un botón apareció a un lado del botón de sala de espera; el nuevo botón estaba marcado con el símbolo «∞» y tenía una inscripción que decía, en letras doradas: «Esencias de Seres Queridos». Don Manuel presionó este botón y la profundísima y afectada voz incorpórea del perro Sam dijo: «Piso Infinito: Esencias de Seres Queridos».

Las puertas del ascensor comenzaron a cerrarse lentamente y, mientras lo hacían, el Cielo quiso despedirse de Don Manuel. San Pedro se despidió con una sonrisa orgullosa y un suave ademán, y pensó: «Aún no sé qué hostia significa "wiwa"». Luego, todos los ángeles del Cielo aparecieron a los lados de San Pedro, todos despidiéndose de Don Manuel, todos sonriendo con ojos brillantes y alas inútiles. Entre los ángeles, Don

Manuel distinguió a sus hermanos, que habían muerto antes que él; a su mamá, muy elegante; a su papá, fuerte; a un niño de su aldea gallega quien murió en la Guerra. Distinguió también a la mujer cuya voz le daba esperanza en La Habana: Celia Cruz. Don Manuel se despidió de todos con su propio ademán y, velozmente, las puertas del ascensor se cerraron por completo, en un instante. El ascensor permaneció inmóvil. Mirando frente a él las puertas metálicas cerradas, Don Manuel pudo ver y escuchar a Tres Patines jugando con un juez un juego de letras que culminó en un chiste cuya conclusión fue que el juez era un burro. Don Manuel se rio a carcajadas. Luego, vio y escuchó al brillante Cantinflas actuando, convincentemente, como un total idiota. Se llenó de alegría y rio. Luego, presenció a su nieta graduándose del colegio. Presenció a su nieto mayor en la cena navideña de la familia. Presenció a su nieto menor comiendo con apetito; siempre le gustó ver cuánto disfrutaba la comida. Don Manuel sentía cómo se terminaban de derretir las emociones en su pecho y salían por sus ojos en forma de agua cálida. Presenció a su hijo graduándose de la universidad. Presenció a su hija llegando al aeropuerto de la ciudad luego de haberse graduado de la maestría en los Estados Unidos. Volvió a vivir cuando él y su hija comían pan dulce con canela en el parque. Volvió a estar sentado en el asiento de pasajero de su carrito viejo mientras uno de sus nietos lo llevaba al negocio. Volvió a pasear a su nieto menor cuando era niño; Don Manuel caminaba y el nieto, a su lado, andaba en su camioncito amarillo de juguete. Volvió a ver a su nieto menor jugando futbol en la sala de la casa, solo, en piyama, todas las noches, hasta que, sin querer, rompió un adorno de arcilla con una patada, y decidió que desde ese entonces sería mejor idea jugar futbol afuera. Volvió a conocer a su mujer; ella le provocaba cierta timidez, así que al inicio, un buen paisano gallego tuvo que hablar por él. Volvió a socorrer a sus hermanos. Volvió a comprar su propia casa. Volvió a trabajar cada día. Volvió a cantar canciones de Celia Cruz en la ducha. Volvió a comer con gratitud. Volvió a comprarle los uniformes y los libros escolares a su nieto menor. Volvió a echar chistes oscuros y a reírse con su hija. Volvió a apoyar a su mujer para que pudiese estudiar lo que la apasionaba. Volvió a guardar las pesetas que usó para pagar, él mismo, la entrada al barco en el que salió de Galicia. Volvió a conocer a muchos inmigrantes, gallegos y no gallegos, que también habían logrado tener una mejor vida que aquella que la vida misma les había ofrecido. Volvió a ser niño y comió pan con su familia en la casita de piedra de Galicia. Volvió a tener once años y fue el jefe de sus hermanos y de otros gallegos mientras contrabandeaban café de Portugal a España y lo vendían para poder comprar comida. Volvió a su cama y sintió la cálida mano de su hija despidiéndose de él. Don Manuel percibió que el ascensor comenzaba a esfumarse, al igual que su propio cuerpo, al igual que todos los sentidos, todas las memorias, todo el tiempo, todo el espacio y todo lo demás. La esencia de Don Manuel, similar a una estrella dorada, brillaba como única luz en una oscuridad más oscura que el interior de los párpados cerrados de un difunto. Como una célula, la esencia se dividió, en seis partes. Se produjo una explosión divina. Las seis partes volaron hacia el infinito.

La viuda de Don Manuel se siente desolada. Está en la sala

de la casa, sentada sobre la silla mecedora de su recientemente fallecido esposo. Una dócil voz interior le sugiere que encienda el televisor. La viuda obedece a la voz y ve en la pantalla, para su sorpresa, una película de Cantinflas. El comediante brinda un gran chiste y, durante unos segundos, la viuda ríe y no sufre. Mientras ríe, piensa en Don Manuel.

La hija de Don Manuel está a punto de comprarse un nuevo auto: una fuerte camioneta que le permitiría conducir por las carreteras de tierra que abundan en las afueras de la ciudad. El vendedor de autos, cansado de negociar, le ofrece un precio y agrega que es su última oferta. Un instante antes de aceptar este precio, la hija de Don Manuel escucha una sugerencia de su voz interior y, sonriendo, le dice al vendedor: «Ayúdeme, por favor. Bájeme mil dólares más y ya. ¡Usted sabe que la cosa está difícil!». El vendedor sonríe con resignación y, luego de una corta discusión, acepta. La triunfante hija de Don Manuel piensa en su papá.

El hijo de Don Manuel considera si debiese o no trabajar sobre un ensayo que está escribiendo. Es un ensayo sobre el método ideal para enseñar el español como segundo idioma. El tema le es intrínsecamente interesante; pero es muy temprano por la mañana y la suave lluvia que percute sobre el techo incita al descanso, no al trabajo. El hijo de Don Manuel, indeciso, escucha una voz interior que le recuerda la dicha que representa tener la oportunidad de trabajar. Se lava la cara, se sienta a escribir y piensa en su papá.

La nieta de Don Manuel recibe una gran oferta de trabajo. La oferta sería perfecta si no fuese porque la obligaría a dejar la universidad antes de graduarse. Ella expresa sus dudas y el jefe de recursos humanos, con quien conversa por teléfono, le dice que no sabe si la empresa podría esperarla hasta su graduación. La nieta de Don Manuel escucha una voz interior que le regala una sugerencia, la cual ella comunica: «Entiendo completamente. Se me ocurre: Podría empezar trabajando medio tiempo hasta que termine la universidad, para graduarme y poder ofrecerle aún más a la empresa; una vez graduada, podría trabajar tiempo completo. ¿Sería esto posible?». Hay una pausa en el teléfono. «Claro que sí», dice el jefe de recursos humanos. «Bienvenida a la empresa». Nace una sonrisa en la nieta de Don Manuel y ella piensa en su abuelo.

El nieto mayor de Don Manuel termina el día laboral con el espíritu vacío. Quiere trabajar, pero sufre su trabajo. Él siempre ha sido muy creyente y quisiera poder dedicar su vida a la religión, en especial a su santo preferido, San Pedro; pero se sentiría culpable si dejara su trabajo. Escucha una compasiva voz interior que le dice que renuncie para dedicarse a la fe. Al escuchar la voz, su espíritu se llena y su cuerpo se aligera. Con un nuevo propósito, alza la cabeza y sale de su oficina laboral por última vez. Escucha la voz de su abuelo: «Se necesita un cura en cada familia».

En el Cielo, San Pedro, complacido y alegre al haber ganado un nuevo servidor, escucha la voz de Don Manuel: «Lo que usted ha hecho por mí, mi familia lo hará por usted».

El nieto menor de Don Manuel está enamorado. Considera dejar sus estudios universitarios para poder mudarse a otra ciudad con la mujer que ama. Sumido en la duda, escucha en su interior el consejo de su abuelo: «Primero estudias... Después te casas». Con mucho dolor, el nieto de Don Manuel se despide de la mujer que ama. Termina la carrera universitaria con honores. Le dedica el triunfo a su abuelo.

Años después, conoce a otra mujer, de quien se enamora completamente. Se mudan juntos. Él escucha en su interior otro consejo de su abuelo: «Sólo cásate con una mujer si la amas en la mañana, porque en la noche se esconden muchas cosas». El nieto menor de Don Manuel se casa. Su esposa está embarazada.

—Si es niña, le ponemos Laura o Isabel —dice ella—. No es negociable. Los dos nombres me encantan. Pero si es niño, mi amor, tú eliges. Confío en ti.

—Si es niño, se va a llamar... Manuel.

—Qué lindo. ¿Como tu abuelo?

—Sí. Como mi abuelo.

El 15 de diciembre del año 2020, a las 2:12 de la madrugada, nace Manuel.

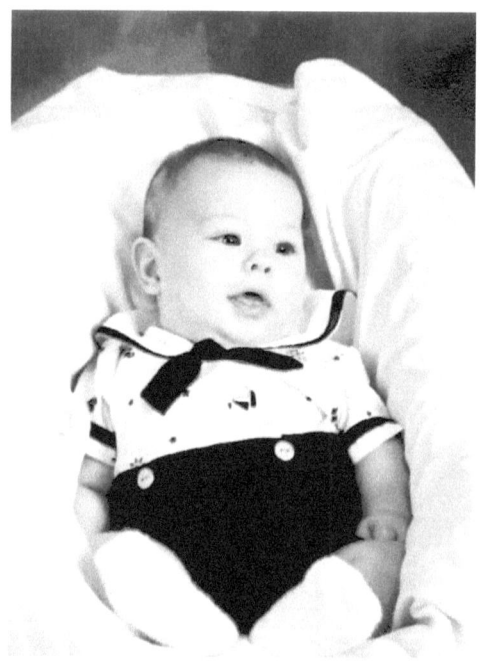

Biografía del autor

Hola. Soy Manny Vallarino y soy un bebé. Aún no puedo hablar, pero adoro escribir.

Nací en algún lugar de los EUA y presiento que creceré en Ciudad de Panamá, República de Panamá.

Mi propósito es enriquecer la vida interior de alguien más a través de mis contribuciones a las industrias creativas, en donde creatividad y comercio se funden.

Quien quiera saber más sobre mí podrá visitar mi página web —**mannyvallarino.net**— y quien quiera comunicarse directamente conmigo podrá enviarme un correo electrónico a **manny@mannyvallarino.net**.

¡Gracias por leer mis palabras!

Gugu gaga,

Manny

www.ingramcontent.com/pod-product-compliance
Lightning Source LLC
Chambersburg PA
CBHW020309150626
46552CB00022B/2228